ダーク・アワーズ(上)

マイクル・コナリー｜古沢嘉通 訳

講談社

本書を、翻訳家であり、編集者であり、
初期からの友人であるロベルト・ペパンに
捧《ささ》げる。
ありがとう《メルシボク》、わが友《モナミ》。

目次

ダーク・アワーズ(上)

ダーク・アワーズ（上）

●主な登場人物〈ダーク・アワーズ　上巻〉

レネイ・バラード　ロス市警ハリウッド分署深夜勤務担当刑事
ハリー・ボッシュ　元ロス市警敏腕刑事。私立探偵
リサ・ムーア　ハリウッド分署性犯罪課刑事
ハビエル・ラファ　自動車修理店主
デレク（ダッシュ）・ロビンスン＝レノルズ　警部補。バラードの上司
リック・ダヴェンポート　巡査部長
ウンベルト・ビエラ　ラス・パルマス13団構成員
シンシア（シンディ）・カーペンター　コーヒーショップ店長
アルバート・リー　ボッシュが担当した殺人事件被害者
ジョン・ウイリアム・ジェイムズ　殺された歯科医
ジャック・カーシー　ハリウッド・デル管理組合街灯委員会会長
デニス・ホイル　歯科医
ジェイスン・アボット　歯科医
ギャレット・シングル　救急救命士
ローニン・クラーク　性犯罪課刑事
マシュー（マット）・ノイマイアー　性犯罪課刑事。ムーアの上司

第一部　真夜中の男たち《ミッドナイト・メン》

1

本格的な雨になる見込みで、毎年恒例の鉛の雨に水を差すはずだった。だが、天気予報は外れた。空は濃い藍色で、晴れていた。そしてレネイ・バラードは、大量の鉛の雨に備え、カーウェンガ高架交差路《オーバーパス》を雨よけにして、所轄の北側に身を置いていた。ひとりで行動したかったところだが、パートナーが同乗していた。しかも気乗りしていないパートナーだった。ハリウッド分署性犯罪課のリサ・ムーア刑事は、日勤のベテランで、帰宅してボーイフレンドといっしょにいたいとひたすら思っていた。だが、大晦日《おおみそか》は、つねに総動員がかかる。戦術的警戒態勢——市警職員全員が制服着用のうえ、十二時間勤務をおこなうのだ。バラードとムーアは午後六時から勤務にあたっていたが、これまでのところ静かなものだった。だが、いままさに新年の午前零時になろうとしており、トラブルがはじまるだろう。それに加えて、真夜中の男たち《ミッドナイト・メン》もこのあたりのどこかにいるのだ。バラードとやる気のないパートナーは、通報が入り次第すぐに対応する用意をしておく必要があった。

「ここに残っていないといけないかな？」ムーアが訊《き》いた。「つまり、あの連中を見てみな。どうしたらあんな生き方ができるんだろう？」

バラードは高架交差路の両端に並ぶ、捨てられた防水シートや建築廃材で作られた仮設小屋に目をやった。何ヵ所かでスターノ固形燃料で火を熾《おこ》して料理をしており、みすぼらしい野営地で人々がうろついているのが見えた。ひどく混み合っていて、一部の小屋は移動式トイレに押されてひしゃげてさえいた。トイレは、このあたりにかりそめの尊厳と衛生を保つため、市が歩道に設置したものだった。高架交差路の北側は、小さな谷《デル》として知られている丘陵地帯に面して、共同住宅が建ち並ぶ住宅地だった。このあたりの道路や庭で排便する人間がいると何度も通報があったあげく、市は簡易トイレを設置した。人道的努力、とその措置は呼ばれた。

「あの人たちはみな好きで高架下で暮らしていると言いたいのかな」バラードは言った。「彼らに選択肢がたくさんあるとでも。彼らがどこにいけるというの？ 行政はトイレを提供した。それでウンコは片づくだろうけど、ほかの問題はろくに片づきはしない」

「どうでもいい」ムーアは言った。「よくある都会の荒廃――くそったれなこの街のどの高架交差路も似たようなもの。まるで第三世界よ。そのせいで街から人が出ていくんだ」

「もう脱出ははじまってる」バラードは言った。「とにかく、わたしたちはここで待機する。この四年間、大晦日の最後の四時間をわたしはここで過ごした。発砲がはじまったとき、ここがもっとも安全な場所なの」

そのあと、しばらくふたりは黙りこんだ。最近、バラードは、引っ越しを考えていた。ひょっとしたらハワイに戻るかもしれない。ロサンジェルスがかかえている住宅難という解決しがたい問題のせいではなかった。あらゆることのせいだ。この街、仕事、生活。パンデミックや社会不安、暴力に見舞われたひどい一年だった。市警は悪評紛々《ふんぷん》たるものがあり、バラードもそれに巻きこまれた。自分が仕え、守っていると思っていた人たちに、比喩的にも実際にも唾を吐きかけられた。それはきつい教訓であり、徒労感に襲われ、いまではそれが骨の髄まで染みこんでいた。なんらかの休息が必要だった。マウイ島の山のなかにいる母親をさがしだし、ひさしぶりに心を通わせてみようと思うくらいに。

バラードはステアリングホイールから片手を離し、袖を鼻に押し当てた。制服を着用するのはデモ以来はじめてだった。催涙ガスのにおいがわかった。この制服を二度ドライクリーニングにだしたのに、悪臭は染みこんで消えないものになっていた。この一年を強く思い起こさせるものだった。

パンデミックとデモがすべてを変えてしまった。ロス市警は、犯罪を未然に防ぐ形から、受け身の形に変わった。そしてその変化はバラードをさまよわせた。気がついてみると、一度ならず辞職を考えていた。つまり、ミッドナイト・メンが現れるまでは。連中の存在がバラードに目的を与えた。

ムーアが自分の腕時計を確認した。バラードはそれに気づき、ダッシュボードの時計に目を走らせた。一時間ずれていたが、計算してみると、午前零時まであと二分だった。

「ああ、まいったな」ムーアが言った。「あいつを見て」

ムーアは車に近づいてくる男を窓越しに見ていた。気温は十五度を下回っているのに、男は上半身裸で、汚れがこびりついたズボンを片手で持ち上げていた。マスクもつけていない。ムーアは窓をほんの少しあけていたが、ボタンを押し、窓を閉め、車を密閉させた。

ホームレスの男はムーアのいるほうの窓をノックした。ガラス越しに男の声が聞こえた。

「なあ、お巡りさんよぉ、困ってるんだ」

ふたりはバラードの覆面カーに乗っていたが、バラードは高架交差路の下の中央分離帯に駐車した際に、フロントグリルのライトを点滅させていた。くわえてふたりとも警察官の制服を着用していた。

「マスクをつけていないあなたと話はできません」ムーアは声を張り上げた。「マスクを取りにいって下さい」

「だけど、おれは毟《むし》り取《と》られたんだ」男は言った。「寝ているあいだに、あそこにいたクソ女にマスクを盗まれた」

「マスクをつけるまで、あなたを助けられません」ムーアは言った。

「おれはマスクを持ってないんだよ」男は言った。

「では、申し訳ありませんが、マスクがないなら、依頼は聞けないんです」

男は窓を殴りつけた。男の拳がムーアの顔のまえにあるガラスに当たった。ガラスを割ろうという意図のあるパンチではなかったにせよ、ムーアはのけぞった。

「いいですか、車から離れなさい」ムーアは命じた。

「ファック・ユー」男は言った。

「あのね、もしわたしが車から出ていくことになったら、あんたは郡拘置所いきになる」ムーアは言った。「いまコロナに感染していなくても、あそこにいけば感染するよ。そうなりたい？」

男は離れはじめた。

「ファック・ユー」男は繰り返した。「警察なんてクソくらえ《ファック・ザ・ポリス》」

「そのセリフを耳に胼胝《たこ》ができるくらい聞かされているよ」ムーアが言った。

ムーアはまたもや腕時計を確認し、バラードはダッシュボードの時計に目を向けた。二〇二〇年の最後の一分になっており、ムーアにとって、この街とこの世界の大半の人々にとって、今年も残すところあとわずかになった。

「いやになる。ほかの場所に移動できない？」ムーアが不満げに言った。

「もう手遅れ」バラードが言った。「いまも言ったように、ここにいるのが安全なの」

「あの連中からは安全じゃない」ムーアは言った。

2

ポップコーンの入った袋を電子レンジにかけるようなものだった。新年までのカウントダウンをしているあいだに数回発砲音がしたかと思うと、発砲頻度が増し、個々の発砲を区別できなくなるほどの一斉射撃になった。銃声による交響曲だ。丸々五分間、新年のお祭り騒ぎをする連中が何十年にもわたるロサンジェルスの伝統に従って、空に向かって発砲するという大騒ぎがつづいた。

上にいったものはかならず落ちてくるという事実は、重視されなかった。天使の街では、新年はつねに危険とともにはじまるのだ。

当然ながら、銃声には、合法的な花火や爆竹が加わって、この街独特の音を形成し、長年にわたり、暦の節目として受け継がれている。点呼の際、鉛の雨に関連する通報の数は、平均十八件だった。たいていの場合、被害に遭うのは、車のウインドシールドだったが、昨年、バラードは、ある事件で呼びだされた。弾丸が天窓を突き抜け、その下の舞台で踊っていたストリッパーの肩に当たったのだ。落下してきた弾丸は、踊り子の皮膚に傷ひとつ付けなかった。だが、天窓の割れたぎざぎざのガラス片が、舞台の近くに座っていた男性客の髪の毛にあらたな分け目をこしらえた。男性は警察沙汰にしないことを選んだ。そんなことをすれば、家族に話していたのと別の場所にいたことがバレてしまうからだった。

通報が何件あろうと、刑事が出動する事案でないかぎり、その大半はパトロール警官が対処する。バラードとムーアは、事実上、一件の通報を待っていた。ミッドナイト・メン。捕食者たちがミスを犯したり、事件解決につながりうるあらたな証拠を残したりすることを期待して、彼らが再度犯行をおこなうのを待つ必要がときにはあるというのがつらい現実だった。

ミッドナイト・メンというのは、五週間のあいだにふたりの女性を襲った二人組の暴行犯にバラードが付けた非公式のあだ名だった。どちらの暴行事件も祝日の夜に発生していた——感謝祭とクリスマス・イブだ。ミッドナイト・メンはDNAを残さぬように注意しており、DNAではなく、手口が類似していたことで、ふたつの事件が結びつけられた。どちらの犯行も午前零時をまわってすぐにはじまり、四時間つづいた。その間、犯人たちは交互に被害女性のベッドの上で被害者を強姦《ごうかん》し、最後にナイフで被害女性の髪の毛を一束ざっくりと切り落として、暴行を終えた。そのナイフは恐怖の試練のあいだ、被害者の首にずっと押し当てられていた。そのほかの恥辱行為が暴行には含まれていて、男性二人組の強姦チームという珍しさ以外に、ふたつの事件を結びつけるものになっていた。

バラードは第三直勤務担当刑事として、両方の事件に出動した。そののち、両方の事件をハリウッド分署性犯罪課の昼勤刑事たちに引き継いだ。リサ・ムーアは、三名の刑事によって構成されている同課の一員だった。バラードは犯行がおこなわれた時間帯の勤務だったことから、非公式に性犯罪課チームに加えられていた。

これまでであれば、二人組の連続暴行犯は、エリート部門の強盗殺人課の一部としてダウンタウンにある市警本部ビルで働いている性犯罪班の関心をすぐさま惹《ひ》きつけただろう。だが、ロサンジェルス市の警察予算削減によって、同班は解体され、性犯罪事件は、分署の刑事部が現在担当していた。市警の予算削減を要求するデモ参加者が間接的な方法で目的を達成した例だった。予算削減の動きは市議会議員によって否決されたが、ミネアポリスでの警察官によるジョージ・フロイド殺害のあとに起こった抗議活動に対処するため、市警は予算を使い切ってしまった。数週間にわたる警戒態勢維持とそれに伴う経費をかけたあげく、市警は資金不足に陥り、その結果、新規採用の凍結や複数の捜査班の解散、いくつかのプログラムの終了を余儀なくされた。事実上、市警は、いくつかの主要分野で予算削減に見舞われた。

リサ・ムーアは、これらのことがどのように共同体へのサービス低下をもたらしたかを示す格好の例だった。ミッドナイト・メン捜査は、多くのリソースを持つ専門班と、連続事件捜査の特別な訓練と経験を積んだ刑事たちに委ねられるのではなく、過労と人員不足に苦しむハリウッド分署性犯罪事件チームに任された。このチームは、地理的に広範で人口過密な地域で発生するすべての強姦事件、強姦未遂、暴行、痴漢、公然猥褻《わいせつ》、小児性愛の訴えを捜査する義務を負っていた。そしてムーアは、抗議活動以降、市警におおぜい生まれた警察官たちと同じように、現在と引退までのあいだに、たとえ引退がどれほど先であろうと関係なく、なるべく仕事をしないようにしていた。ムーアは、ミッドナイト・メン事件を、通常の八時から四時までの勤務から遠ざけている時間浪費活動とみなしていた。一日の前半は書類仕事を黙々とおこない、そのあと、最小限の捜査活動しかおこなわず、どうあっても電話とコンピュータで済ませられない仕事が生じたときにしか分署を離れないというのが、ふだんの勤務だった。年末年始にバラードとともに深夜勤務をおこなうという任務を、ムーアは大きな侮辱であり迷惑なものとみなしていた。バラードはというと、それと対照的に、世間をうろついて女性を傷つけているふたりの犯人逮捕に近づく機会とみなしていた。

「ワクチンの話は聞いてる?」ムーアが訊《たず》ねた。

バラードは首を横に振った。

「たぶんあなたが聞いてるのとおなじ」バラードは言った。「来月かも——もしかしたら」

今度はムーアが首を振った。

「バカどもが」ムーアは言った。「うちらは初動要員であり、消防署の人間とおなじように接種を受けるべき。それなのに、スーパーの店員とおなじ区分けになっている」

「消防隊員は医療従事者と考えられている」バラードは言った。「われわれはちがう」

「わかってるけど、それは建前にすぎない。うちらの組合はカスだ」

「組合のせいじゃない。政府や保健局やいろんなことが関係している」

「クソッタレな政治屋どもが……」

バラードは放っておくことにした。点呼の際や、市内をパトカーでまわる際に、しょっちゅう耳にする不満だった。ロス市警のおおぜいの職員同様、バラードはすでに新型コロナウイルス感染症に罹患《りかん》していた。十一月に三週間寝こみ、いまはワクチン接種まで乗り切るための抗体が十分にあることを祈るばかりだった。

その後、重苦しい沈黙がつづくなか、一台のパトカーが南行き二車線道路の一本を通り、ムーアの側に近づいてきて、停《と》まった。

「この連中と知り合い？」ムーアは窓の開閉ボタンに手を伸ばしながら訊いた。

「残念ながら知ってる」バラードは言った。「マスクをつけて」

彼らはスモールウッドとヴィテロという名の二級巡査のチームで、つねに過剰な男性ホルモン《テストステロン》が血中を流れている連中だった。また、自分たちが〝健康すぎて〟ウイルスに感染することはないと考えており、市警で義務づけられたマスク着用を敬遠していた。

ムーアはマスクを引き上げてから、窓を下げた。

「マグロ漁船《ツナ・ボート》の調子はどうだい？（tuna boat は、女性ふたりが乗っている車を表す卑語）」スモールウッドは、満面に笑みを浮かべて言った。

バラードは市警から支給されているマスクを引き上げた。あごの線に沿って銀色でＬＡＰＤの文字がエンボス加工されているネイビーブルーのマスクだ。

「交通の妨げになっているよ、スモールウッド」バラードは言った。

ムーアはバラードを振り返った。

「ほんとなの？」ムーアが声をひそめて言った。「ちっさいイチモツ《スモール・ウッド》？」

バラードはうなずいた。

ヴィテロがパトカーの屋根に設置された警告灯のスイッチを入れた。点滅する青色灯が高架交差路の両側にあるテントや小屋の上のコンクリート壁に書かれた落書きを照らしだした。「警察のクソッタレ」や「トランプのクソッタレ」のさまざまなバージョンが市職員によって白く塗り潰されていたが、透過性のある青色光にそのメッセージが浮かび上がった。

「これでどうだ？」ヴィテロが訊いた。

「いいこと、あそこに荷物を盗まれたという通報をしたがっている男性がいる」バラードが言った。「あなたたちふたりで事情聴取にいってちょうだい」

「くだらねえ」スモールウッドが言った。

「刑事の仕事のように思えるんだけどね」ヴィテロが付け加えた。

その会話は、仮にそう呼ばれうるものであったとしても、両方の車の無線機に入ってきた通信指令係の声で中断された。６・ウイリアム・チームの出動を求めるものだった。〝６〟は、ハリウッド管轄区の呼称であり、ウイリアムは、刑事の呼称だった。

「あんただぜ、バラード」スモールウッドが言った。

バラードは、中央コンソールの充電器から無線機を引き抜き、応答した。

「6・ウイリアム・26。どうぞ」

通信指令係は、ガウアー・ストリートで、負傷者の出た発砲事件に出動してほしいと要請した。

「ガルチだ」ヴィテロが声をかけてきた。「応援は必要かい、レディース？」

ハリウッド分署は、ベーシック・カー・エリアと呼ばれている七つの異なるパトロール・ゾーンに所轄地域がわかれていた。スモールウッドとヴィテロは、犯罪発生率が低く、出会う住民の大半が白人であるハリウッド・ヒルズを含む地域の担当を割り当てられていた。これは彼らをトラブルから遠ざけ、非白人系のマイノリティと対立的な法の執行に至らせないことを意図した配置だった。しかしながら、かならずしもいつもうまくいくとは限らなかった。バラードは、ふたりが街の夜景がすばらしいマルホランド・ドライブで違法駐車している車に乗っていたティーンエイジャーに乱暴に対処した話を聞いていた。

「わたしたちで対処できるでしょう」バラードは応答した。「あなたたち坊やは、マルホランドに戻って、車窓からコンドームを投げ捨てる子どもたちを見張っているといいよ。安全運転でね、おふたりさん」

スモールウッドあるいはヴィテロが言い返しの言葉を考えだすまえにバラードは車のエンジンをかけ、アクセルを踏んだ。

「可哀想《かわいそう》なやつ」ムーアはいっさい同情をこめずに言った。「スモールウッド巡査とはね」

「そうね」バラードは言った。「パトロールに出る夜に毎回汚名返上しようとやっきになっている」

ムーアは笑い声を上げ、車はカーウェンガ大通りを南に向かって速度を上げた。

3

ガウアー・ガルチは、サンセット大通りとガウアー・ストリートの交差点にハリウッドの伝説が添えられてついた名前だった。そこはほぼ百年まえ、日雇い労働者の寄せ場になっていた場所だった。そうした労働者たちは、交差点の角で待ち、映画撮影所が毎週のように製作していた西部劇のエキストラの仕事を求めていた。ハリウッドのカウボーイたちの多くは、上から下まで衣装を着て——埃《ほこり》まみれのブーツと革ズボン、チョッキ、テンガロンハット——交差点で待っており、そのため、交差点はガウアー渓谷《ガルチ》の名で知られるようになった。マリオン・モリソンという名の若い俳優がそこで仕事を見つけたと言われている。彼はジョン・ウェインの芸名のほうでよく知られている。

ガルチは、いまではショッピング・プラザになっていて、西部劇に登場する町の色《いろ》褪《あ》せた店構えに似せた店舗が並び、ハリウッドのカウボーイたちの肖像画——ジョン・ウェインからジーン・オートリーまで――が〈ライト・エイド〉ドラッグストアの外壁に飾られていた。ガルチから南へ向かうと、体育館ほどの大きさの撮影所が東側に沿って並んでおり、ハリウッドの至高の存在、パラマウント・スタジオまでつづいていた。この歴史に名高いスタジオは、まるで刑務所のように高さ四メートル弱の壁と鋼鉄製のゲートに囲まれている。だが、そうした障壁は、人を閉じこめるためではなく、入ってこさせないために造られていた。

ガウアーの西側は、正反対だった。そちら側には自動車修理店が建ち並んでおり、上の階は窓といいドアといい防犯用の柵がはまった老朽化した共同住宅になっていた。西側の建物には、ラス・パルマス13団という地元ギャング団の落書きが大量に書かれていたが、東側の映画製作所の壁は、落書きがいっさいなかった。あたかもスプレー式のペンキ缶を持っている連中がこの街を成り立たせている産業に手を出してはいけないと、直感しているかのようだった。

発砲の通報によって、バラードとムーアは、自動車修理店のレッカー車置き場でひらかれていたストリート・パーティーにやってきた。通りには何人かの人間が集まっていたが、大半がマスクをつけていなかった。ほとんどの人間が、二台のパトカーに乗っていた当直の巡査が、ゲート付きのアスファルト舗装の置き場に事件現場のテープを張って封鎖しているのを見ていた。レッカー車置き場には、さまざまな修理および修復段階にある車が並べられていた。

「で、あたしたちがこれをやらなきゃならないのね？」ムーアが言った。

「わたしがやるわ」バラードが言った。

バラードはドアをあけ、車を降りた。いまの答えでムーアが決まり悪くなってついてくると知っていた。この件を扱うのにムーアの協力がかならず必要になるだろう、とバラードにはわかっていた。

バラードは修理店の出入口に張られた黄色いテープをくぐり、発砲事件の被害者が現場におらず、すでに搬送されていることをすばやく確認した。デイヴ・バイロン巡査部長ともうひとりの巡査が、修理店の扉のあいた車庫のひとつに目撃者と思われる人々を集めようとしているのをバラードは見た。ほかのふたりの制服警官が、実際の事件現場を囲む、内側の境界線を張り巡らしていた。そこは血だまりと、救急隊員が残していった処置後のゴミ類が目印になっていた。バラードはまっすぐバイロンに向かって歩を進めた。

「デイヴ、摑《つか》んでいる情報を教えて」バラードは訊いた。

バイロンは肩越しにバラードを見た。彼はマスクをつけていたが、目を見て彼が笑っているのがわかった。

「バラード、これは最悪だぞ」バイロンは言った。

バラードは個人的に話をするため、市民たちから離れるよう、バイロンに合図した。

「みなさん、全員ここにいて下さい」バイロンはそう言いながら、両手を挙げて、じっとしているようにという動きを目撃者たちに示した。その仕草は、ここにいる市民が英語を理解しないかもしれないことを意味している、とバラードは受け取った。

バイロンは、古いフォルクスワーゲン製バスの錆《さ》びた車体前部までバラードといっしょに移動した。小さな手帳に書き記した内容に目を落とす。

「被害者は、この店のオーナーであるハビエル・ラファと思われる」バイロンは言った。「ここから一ブロックほどのところに住んでいる」

バイロンは肩越しに親指を立て、修理店の西側にある住宅街を指し示した。

「真偽のほどはわからないが、ラファはラス・パルマス団と関係があると言われている」バイロンが付け加えた。

「わかった」バラードは言った。「どこに運ばれたの?」

「ハリウッド長老派教会病院。死にかけていた」

「目撃者たちの証言は？」

「たいしたものはない。あんたに任せるよ。毎年、大晦日にラファはゲートをあけ、ビール樽《だる》を用意していたようだ。近隣住民にふるまうためだが、ラス・パルマス団の人間もおおぜい姿を見せていた。カウントダウンのあとで空に向けて銃器の発砲がおこなわれ、突然、ラファが地面に倒れた。いまのところ、実際にラファが撃たれたところを目撃したと証言している人間はいない。そして、いたるところに薬莢《やっきょう》が散らばっている。それに関しては幸運を祈る」

バラードは車庫の角にある屋根の軒先に設置されたカメラをあごで示した。

「防犯カメラはどうなってる？」バラードは訊いた。

「表に設置されているカメラはダミーだ」バイロンは言った。「店内のカメラは本物だが、調べていない。たいして役に立たない場所に設置されているという話だ」

「わかった。救急隊員より先にあなたはここに到着したの？」

「いや。だが、79が先に到着している。フィンリーとワッツだ。ふたりの話では、負傷箇所は頭部だそうだ。連中はあそこにいるので、話を聞きにいけるぞ」

「必要ならそうする」

バラードは境界線を張り巡らしている制服警官のどちらかがスペイン語話者かどう

か確かめた。バラードは初歩のスペイン語を知っていたが、目撃者に聴取できるほどではなかった。古いピックアップ・トラックのサイドミラーに事件現場テープを結びつけようとしている巡査のひとりがビクター・ロドリゲスだとわかった。

「V＝ロッドを通訳に借りていい？」バラードは訊いた。

バラードはバイロンのマスクの向こうに渋面の皺《しわ》が刻まれるのを見た気がした。

「どれくらいだ？」バイロンは訊いた。

「目撃者の暫定的な聴取をしてから、家族への聴取もするかも」バラードは言った。

「分署まで人を送っていく必要があるなら、別のチームからだれかを借りるわ」

「わかった。だけど、ほかの事件が起こったら、やつを呼び戻さなければならなくなる」

「了解《ラジャー・ザット》。急いで進める」

バラードはロドリゲスのところまで歩いていった。ランパート分署からおよそ一年まえに転属してきた巡査だった。

「ビクター、来てちょうだい」バラードが言った。

「おれが？」ロドリゲスが訊いた。

「目撃者と話をしにいきましょう」

「了解だ」

ムーアがバラードに追いつき、目撃者たちのグループに向かって歩調を合わせた。

「車のなかにとどまっていると思ってた」バラードが言った。

「なにが必要？」ムーアが訊く。

「ハリウッド長老派教会病院に人をやって被害者の様子を確認する必要がある。車でそっちへ向かいたい？」

「クソ」

「それか、わたしが病院にいってるあいだ、目撃者と家族の聴取をしてくれる？」

「キーを貸して」

「そうくると思った。キーは車のなかに置いてある。なにかわかったら連絡をちょうだい」

バラードは目撃者たちに近づいていきながら、小声でロドリゲスに指示を与えた。

「誘導しないでね」バラードは言った。「彼らが見聞きしたものを知りたいだけ。ラファ氏が地面に倒れたのを見るまえのことで彼らが覚えていることをなんでも知りたい」

「了解」

つづく四十分間を使って、集められた目撃者たちに簡潔な聴取をおこなった。彼らのだれも被害者が撃たれたところを見ていなかった。個別の聴取で、めいめいの目撃者は、レッカー車置き場の混み合った、混沌《こんとん》とした光景を言葉で表した。午前零時きっかりに花火や弾丸が空を切り裂くと、たいていの人々は空を見上げていた。自分たちがやったと認める人間はいなかったが、近隣住民からなる群衆のなかに空に向かって発砲した連中がいたことを彼らは認めた。あらためて聴取しなおすため分署に連れていくほどの重要証言をした目撃者はだれもいなかった。バラードは手帳に彼らの住所と電話番号を書き記し、殺人事件担当の捜査員からフォローアップの接触があるだろうと、彼らに告げた。

それからフィンリーとワッツに合図し、事件の第一印象について訊くため、呼び寄せた。被害者は現着時反応がなかったと、彼らはバラードに言った。落ちてきた弾丸が当たったように見えた、と。傷は頭頂部だった。群衆整理にほぼ専念し、被害者にほかの人間が近づかないようにして、救急隊員のためのスペースをあけようとした、と彼らは言った。

ふたりとの話を切り上げようとしたとき、ハリウッド長老派教会病院にいるムーアから電話がかかってきた。

「被害者の家族が全員ここに来ている。被害者は助からなかったという言葉がもうすぐ伝えられるところ」ムーアは言った。「あたしになにをさせたい？」

熟練刑事のようにふるまってもらいたい、とバラードは思ったが、口にはしなかった。

「家族をそこにいさせて」バラードは言った。「いまから、わたしがそっちへ向かう」

「努力はする」ムーアが答えた。

「努力じゃなくて、実行して」バラードは言った。「十分でいくわ。家族は英語をしゃべるかどうかわかった？」

「わからないな」

「そう。調べて、メッセージを送ってきて。万一に備えて、人を連れていく」

「そっちの様子はどうなの？」

「まだなにか言える段階じゃない。事故だとしたら、発砲犯は現場に残っていない。事故じゃないなら、カメラもなく、目撃者もいない」

バラードは電話を切ると、ロドリゲスのところまで歩いていった。

「ビクター、ハリウッド長老派教会病院まであなたの車に乗せていって」

「よしきた」

バラードはバイロンに行き先を伝え、戻ってくるまで事件現場を確保しておいてほしい、と頼んだ。

バラードがレッカー車置き場を横切り、車に向かうロドリゲスのあとを追っていると、薬莢の散らばるアスファルトに雨粒が落ちてきた。

4

ロドリゲスは病院まで急ぐために警告灯はつけたが、サイレンは鳴らさなかった。バラードは病院につくまでの時間を利用して、自宅にいる上司の警部補に連絡して、最新状況を伝えた。バラードに最新状況の連絡要請をショートメッセージで伝えてきていたハリウッド分署の刑事たちの指揮官であるデレク・ロビンスン＝レノルズは、すぐに電話に出た。

「バラード、もっと早く連絡があると思っていたんだが」

「すみません、警部補。何人かの目撃者と話をしてからでないと、この件の状況が把握できなかったんです。また、被害者は到着時死亡だったとたったいま聞きました」

「では、ウェスト方面隊の殺人課を出動させなければならないな。きのう発生した二重殺人の件でフル稼働しているのはわかっているが」

殺人事件はウェスト方面隊の管轄になっていた。ロビンスン＝レノルズは、捜査を引き渡す構えでいたが、ウェスト方面隊の殺人課にいる自分と同階級の人間には歓迎されないだろうとわかっていた。

「あの、もちろん向こうに渡すことはできるでしょうが、わたしはまだこの事件の正体を決めかねています。午前零時に発砲した人間がおおぜいいました。これが事故なのか、故意なのか、はっきりしていません。被害者の様子を見るため、いま病院に向かっているところです」

「目撃者はだれも事件の発生場面を見ていないのか？」

「近くにいた目撃者はだれも見ていません。彼らは地面に倒れた被害者を見ただけです。事件発生を目撃した人間が仮にいたとしても、制服警官たちが現着するまえに現場からいなくなっていました」

警部補が自分の次の動きを検討しているあいだ、しばらく沈黙があった。

病院まで一ブロックの距離に来た。バラードはロビンスン＝レノルズがなにか言うまえに口をひらいた。

「わたしに捜査をつづけさせて下さい、警部補」

ロビンスン＝レノルズは黙ったままだった。バラードは自身の主張の論拠を並べ立てた。

「ウェスト方面隊の殺人課は二重殺人事件を追っています。その捜査状況がどうなっているのか、われわれには不明です。この件の捜査をわたしにつづけさせていただければ、あすの朝、どこまで進んだかわかると思います。そうなってから、ご連絡します」

ようやく警部補が口をひらいた。

「どうなんだろう、バラード。きみにひとりで動きまわらせるのを認めたいかという疑問だ」

「わたしはひとりじゃありません。ご承知のように、リサ・ムーアといっしょに行動しています」

「ああ、そうだったな。あの件では、今夜進展はないのか？」

警部補が訊ねているのは、ミッドナイト・メンのことだった。

「いまのところはまだ。ハリウッド長老派教会病院につきました。被害者の家族がここにいます」

その言葉に押されて、ロビンスン＝レノルズは決断をした。

「わかった、ウェスト方面隊に任せるのは先送りにする。当面は。連絡を絶やすな。何時であろうと関係ない、バラード」

「了解しました」

「では、頼む」

ロビンスン＝レノルズは電話を切った。救急車専用駐車場にムーアが残していったバラードの車のうしろにロドリゲスが停車しようとしたとき、バラードの携帯電話がショートメッセージの着信音を立てた。

「いまのはダッシュだったのかい？」ロドリゲスが訊いた。「なんて言ってた？」

警部補に直接呼びかけないときには、分署の大半の人間が用いているロビンスン＝レノルズの略称をロドリゲスは使っていた。バラードはショートメッセージを確認した。ムーアから届いたものだった——「ここのだれも英語を話さない」

「われわれに進めの信号を寄こした」バラードは言った。

「われわれ？」ロドリゲスが訊ねる。

「たぶんあなたがここでも必要になると思う」

「バイロン巡査部長から、急いで戻ってくるようにと言われてるんだけど」

「バイロン巡査部長は捜査責任者じゃない。わたしなの。わたしがいいというまで、あなたにはわたしに同行してもらう」

「了解だ——きみから巡査部長に話してくれるなら」

「そうする」

バラードは緊急救命室《ER》にムーアを見つけた。そのまわりには、泣いている女性たちとひとりの十代の少年からなる一団がいた。ラファの家族は、自分たちの夫であり、父親である人間に関する悪い知らせを受け取ったところだった。妻と三人の成人した娘、それに息子はみなさまざまな形でショックと悲しみと怒りを表していた。

「ああ、なんてこった」近づいていきながらロドリゲスが言った。

予期せぬ死がもたらす愁嘆場に立ち入るのは、だれも望まない。

「いつか刑事になりたいそうね、V＝ロッド」バラードは言った。

「ああ、そうだ」ロドリゲスが答えた。

「ムーア刑事の家族への聴取を手伝ってちょうだい。たんなる通訳以上の仕事をして。質問をするの。知られている敵の有無、ラス・パルマス団との関係、今夜、修理店にほかにだれがいたのかなど。名前を手に入れて」

「わかった。きみはどうするんだ？　どこに――」

「わたしは死体を確認しなければならない。それからあなたたちに加わる」

「了解した」

「よろしい。ムーア刑事に伝えておいて」

バラードはロドリゲスと別れ、受付カウンターに向かった。すぐにバラードはＥＲの中央にあるナースステーションに案内された。ナースステーションは、カーテンウォールで仕切られた複数の診察および処置スペースに囲まれていた。銃で撃たれた被害者の遺体が処置スペースから移されたのかどうか、バラードがひとりの看護師に訊ねたところ、検屍局《けんしきょく》のチームが遺体を引き取りに来るのを病院は待っている、と告げられた。その看護師は閉ざされたカーテンをバラードに指し示した。

　バラードはパステルグリーンのカーテンを引き、シングルベッドの診察スペースに入ると、うしろ手でカーテンを閉めた。ハビエル・ラファの死体がベッドの上で仰向けになっていた。体を覆い隠すような配慮はされていなかった。ラファのシャツ――楕円形《だえんけい》のワッペンに名前が記されている青いワークシャツ――のまえがあいており、胸部には軟膏《なんこう》を塗布したあとが残っていた。おそらくラファを蘇生《そせい》させようとして用いられた除細動用パドルからついたものだろう。胸と首の茶色い肌には白っぽい変色のあともあった。目は見開かれており、口からゴム製の装置が突きでていた。パドルが使われるまえに口に入れられたものであることをバラードは知っていた。

　バラードは装備ベルトの物入れから黒いラテックス製手袋を引っ張りだして、はめた。両手で、死んだ男の首をそっとひねり、射入口をさがそうとする。ラファの髪の毛は長く、巻き毛だったが、べっとりと血がこびりついている髪の毛に覆われた、後頭部の上部に射入口が見つかった。その位置から判断して、射出口があるのは疑わしかった。弾丸は体内に残っている。科学捜査の観点からすれば、好材料だ。

バラードは傷口を詳しく見ようとして、さらにベッドに覆《おお》い被《かぶ》さった。小口径の弾丸による傷だろうと思い、傷口のまわりの髪の毛の一部が焦げているのに気づいた。つまり、凶器は、発砲されたとき、三十センチも離れていないところに構えられていたことになる。ハビエル・ラファの髪の毛に粒状の焼けた火薬が付いているのが見えた。

その瞬間、これは事故ではないとバラードにはわかった。ラファは殺されたのだ。殺人犯は、全員の目が午前零時の空に向けられ、周囲が銃声に包まれた瞬間を利用し、ラファの頭の近くに銃を構え、引き金を引いたのだ。そしていま、バラードは、自分がこの事件を欲しており、自分が外されようがないくらい深く食いこむまでこの結論を胸の裡《うち》に秘めておく方法をさがすつもりであるとわかった。

それが我が身を守るために必要な解決策になりうる、とバラードは知っていた。

5

バラードは処置スペースから出て、カーテンを閉めると、忙しいERの人の行き来を邪魔しないようにしてナースステーションに近づいた。携帯電話を取りだし、ハリウッド分署ギャング取締特別班《ギャング・エンフォースメント・デイテール》の電話番号にかけた。だれも応答しなかった。次に当直オフィスの内線を呼びだした。カイル・ダラス巡査部長が応答したところ、バラードはGEDで十二時間緊急出動態勢の第二シフトに出ているのはだれなのか訊ねた。

「ジャンゼンとコルデロだろうな」ダラスは言った。「それにダヴェンポート巡査部長もいるだろう」

「外、それともなかにいる?」バラードは訊いた。

「さっきコルデロを休憩室で見かけたから、真夜中を過ぎたいま、みんな署内にいるんじゃないか」

「わかった。もし彼らを見かけたら、じっとしていてと伝えて。彼らと話をする必要があるの。すぐにいくから」

「了解した」

待合室に通じる自動ドアを通り抜けると、ムーアとロドリゲスがラファ一家とともに部屋の片隅に座っていて、集団での聴取をおこなっているのをバラードは見た。ムーアが個別の聴取をおこなっていないのにいらだったが、性犯罪を捜査するのにムーアは慣れていて通常は被害者を個別に聴取することを思いだした。ムーアは自分の専門分野から外れてここにおり、ロドリゲスはたんにろくに知らないだけだった。

被害者の息子が集団の外に座っていて、ふたりの姉の肩越しにムーアを見ているのがバラードの目に入った。彼はまだ学校に通っているくらいの年齢であり、それはつまり彼が英語を話せるかもしれないことを意味していた。ムーアはそのことをわかっていてしかるべきだったのだが。

バラードは近づいていき、少年の肩を軽く叩《たた》いた。

「英語を話せる?」バラードは小声で訊いた。

少年はうなずいた。

「こっちへ来てくれるかな」バラードは頼んだ。

バラードは部屋の別の片隅に少年をいざなった。待合室は驚くほど閑散としていた。普通の日の夜でも驚くくらいだが、新年の午前零時をまわったあとにしては異例だった。バラードは一脚の椅子を少年に指し示して座るように伝えると、壁際から二脚めの椅子を引っ張ってきて、対面で話せるような位置に置いた。

ふたりは腰を下ろした。

「きみの名前は?」バラードは訊いた。

「ガブリエル」少年は言った。

「ハビエルの息子さん?」

「うん」

「お悔やみを言わせて。わたしたちはなにがあったのか、だれがやったのかを突き止めるつもり。わたしはバラード刑事。レネイと呼んでちょうだい」

ガブリエルはバラードの制服に目を向けた。

「刑事?」少年は訊いた。

「大晦日には制服を着てなきゃいけないの」バラードは言った。「全員が街に出る、みたいなこと。きみは何歳?」

「十五歳」

「どこの学校に通ってるの？」

「ハリウッド」

「午前零時にきみはお店のレッカー車置き場にいた？」

「うん」

「お父さんといっしょにいた？」

「えーっと、いや、おれは……キャディラックのそばにいた」

事件現場にいたとき、バラードは駐車場に錆びた古いキャディラックが停まっていたのを見かけていた。トランクがあいていて、そのなかに氷が詰められてビール樽が置かれていた。

「キャディラックのそばでだれかといっしょにいたのかな？」バラードは訊いた。

「彼女といっしょだった」ガブリエルは言った。

「その子の名前は？」

「彼女をトラブルかなにかに巻きこみたくない」

「トラブルに巻きこまれたりしないわ。今夜、あの場にだれがいたのか突き止めようとしているの、それだけ」

バラードは相手の回答を待った。

「ララ・ロサス」ようやくガブリエルは言った。

「ありがとう、ガブリエル」バラードは言った。「ララとは学校、それとも近所で知り合ったの？」

「あー、両方」

「で、彼女は家に帰った？」

「うん、おれたちがここへ来るときに帰った」

「お父さんの身に起こったことを見た？」

「いや、あとから見たんだ。あそこで倒れているのを」

ガブリエルはなんの感情も示しておらず、バラードは少年の顔に涙のあとがあるのを見なかった。それがなにも意味していないのをバラードはわかっていた。人はさまざまな形でショックや悲しみを処理し、表現する。普通とは異なる行動もしくは明白な感情の欠如を疑わしいものとみなすべきではない。

「パーティーに見慣れない人や、仲間ではないと思った人を見なかった？」バラードは訊いた。

「はっきりとは言えない」ガブリエルは言った。「ビール樽のところに、場違いに見える男がいた。だけど、ストリート・パーティーだったんだ。わかるわけない」

「その男は、出ていくように言われたの？」

「いや、たんにあそこにいただけ。ビールを手にしていて、そのあといなくなったんだと思う。そのあと見かけなかった」

「近所の人だった？」

「どうかな。まえに見かけたことはなかった」

「場違いに見えたと言ったのはなぜ？」

「うーん、そいつは白人だった。それに、ほら、汚れているように見えたんだ。服とか持ち物とか」

「ホームレスだったと思ってる？」

「わからないけど、そうかもしれない。そんなふうに思ったんだ」

「で、きみが彼を見かけたのは、発砲のまえだった？」

「うん、まえだった。絶対に。みんなが空を見上げるまえだった」

「男の服が汚れていたと言ったわね。彼はどんな服装だった？」

「灰色のフーディーとブルージーンズ。ズボンは汚れていた」

「土っぽい汚れだった、それとも油染み汚れだった？」

「土っぽい汚れだったと思う」

「フーディーのフードは上げていた、それとも下ろしていた？　男の髪の毛は見えた？」

「上げていた。だけど、頭を剃《そ》り上《あ》げていたようだった」

「オーケイ。靴はどうだった、覚えてる？」

「いいや、靴のことはわからない」

バラードはいったん言葉を切り、そのよそ者の詳細を記憶に留《とど》めようとした。なにも書き留めてはいなかった。ガブリエルとアイコンタクトをしたままでいて、手帳とペンを取りだして少年を怯《おび》えさせないほうがいいと考えていた。

「ほかにだれか、変だと思った人はいた？」バラードは訊いた。

「ほかにはいない」ガブリエルは言った。

「フーディーを着た男はビールを手に入れたあと、あの場にいたかどうかはわからない？」

「そのあとは見てない」

「じゃあ、きみがその男を最後に見たときから午前零時になって、発砲がはじまるまで、どれくらいの時間があったかしら？」

「わからないけど、三十分かな」

「きみのお父さんみたいな大人が、その人に、ここでなにをしているんだと訊ねたり、立ち去るように命じたりしたところをきみは見た？」

「いや。だって、ご近所パーティーみたいなものだったから。だれでもウエルカムなんだ」

「パーティーでほかに見かけた白人はいた？」

「うん、何人か」

「だけど、その人たちは怪しそうじゃなかった」

「なかった」

「だけど、いま言った男は怪しそうだった」

「ほら、パーティーみたいなものだったのに、そいつは汚れた格好をしてたんだ。それにフードをかぶっていたんだぜ」

「きみのお父さんは作業シャツを着ていた。それっていつものことなの？」

「シャツに名前が記されていたからさ。近所の人みんなに自分がだれなのか知ってもらいたがっていた。いつもそうしてたんだ」

バラードはうなずいた。さて、もっと難しい質問をして、この子をできるかぎり自分側に留めておくときが来た。

「きみは今夜、なにかの武器を発砲した、ガブリエル？」バラードは訊いた。

「いや、するわけない」ガブリエルは答えた。

「オーケイ、よかった。きみはラス・パルマス13団の構成員？」

「なにが訊きたいの？　おれはギャングじゃない。親父《おやじ》が、絶対ダメだと言ってたんだ」

「昂奮《こうふん》しないで。なにがどうなっているのか突き止めようとしているだけ。きみはギャングの構成員じゃない。それでけっこう。だけど、きみのお父さんは構成員だった。そうだよね？」

「親父は、はるか昔にあのくだらない組織から足を洗った。親父は完全に堅気だった」

「オーケイ、それを知ることができてよかった。でも、店のレッカー車置き場でひらかれたパーティーにラス・パルマスの人間がいたと聞いたんだけど。それは本当のこと？」

「知らないけど、来てたんじゃないかな。親父はあの連中といっしょに育ったんだ。あいつらをゴミ箱に捨てたりはしなかった。だけど、親父は堅気だったし、親父の商売は合法的だった。白人の共同経営者《パートナー》すらいたんだ。〝ギャング関係者〟みたいな、しょうもない話は止《や》めてくれ。デタラメだ」

　バラードはうなずいた。

「知ることができてよかったよ、ガブリエル。ところで、その共同経営者は来てたのかしら？」

「見ていない。もういいかな？」

「まだ終わっていないんだな、ガブリエル。共同経営者の名前を教えて」

「知らない。マリブかどこかの医者だ。フレームが曲がって店に来たときに一度見かけただけだよ」

「フレームが曲がった？」

「その医者のメルセデスの。バックしてぶつけて、フレームが曲がったんだ」

「了解。オーケイ、あとふたつだけ頼みたいことがあるの、ガブリエル」

「なんだい？」

「きみの彼女の携帯電話番号が必要であることがひとつ。それから、少しのあいだ、外に出て、わたしの車まで来てほしいことがひとつ」

「なぜいっしょにいかないといけないんだ？　おれは親父に会いたい」

「きみのお父さんには会わせてくれないわ、ガブリエル。もっとあとになるまで。きみに力を貸したいの。この件できみが警察と話さなきゃならないのを今回かぎりにしたい。だけど、そうするには、きみが真実を話していることを保証するため、きみの両手を拭う必要がある」

「なに、それ？」

「きみは今夜銃を発砲していないと言ったよね。車のなかに置いているあるもので、きみの両手を拭うと、それが確かだとわかるの。それが済めば、わたしが連絡するのは、こんなことをきみのお父さんにした人間を警察が捕まえたときみに話しに来るときだけになる」

バラードはガブリエルが選択肢を検討しているあいだ、待っていた。

「きみが協力してくれないなら、きみはわたしに嘘《うそ》をついたんだな、と思わざるをえなくなる。そういうのはいやでしょ？」

「わかった、好きにしてくれ」

バラードは家族の集まりに近づいていき、ムーアに車のキーを貸してくれるよう頼んだ。車のなかにある、とムーアは答えた。そののち、バラードはガブリエルを救急車専用駐車場に連れだした。そこでバラードは尻ポケットから手帳を引っ張りだした。ガブリエルのガールフレンドの携帯番号を書き留めたのち、バラードは、フーデイーを着ていた男の風体を殴り書きした。そののち、車のトランクをあけた。射撃残《ざん》渣《さ》用の払拭パッドの入った袋を取りだし、二枚のパッドでガブリエルの左右の手を拭い、ビニール袋に入れて封をした。このパッドは科学捜査ラボに届けることになる。

「な、火薬なんてついていないだろ？」ガブリエルは言った。

「ラボがそれを確認するでしょう」バラードは言った。「だけど、もうきみのことを信用してるよ、ガブリエル」

「で、おれはどうすればいい？」

「なかに戻り、お母さんときみのお姉さんたちといっしょにいてあげて。彼女たちのため、きみは強くなる必要があるでしょう」

ガブリエルはうなずくと、顔を歪《ゆが》めた。強くなる必要があると言われたことで、力が抜けてしまったかのようだった。

「大丈夫？」バラードが訊いた。

バラードは少年の肩に触れた。

「犯人を捕まえてくれるよな？」少年は訊いた。

「ええ」バラードは言った。「わたしたちが捕まえるわ」

6

バラードが分署に戻ったのはほぼ午前三時だった。裏の廊下から階段を上って、ギャング対策課と風俗取締課が共有している部屋に入った。細長い長方形の部屋で、ふだんは閑散としていた。どちらの課も、外で任務にあたる部門だからだ。だが、いまは混みあっていた。両部門の警察官たちがバラード同様、制服を着て、机のまえに座ったり、部屋の長辺とおなじ長さの作業台に向かったりしていた。彼らの大半がマスクをしていなかった。人員が多い理由はいろいろと説明可能だった。第一に、市警が発令している警戒態勢で指示されている制服姿では風俗取締とギャング対応の任務をおこなうのが難しかった。つまり、新年を祝うあいだ、できるだけ多くの警察官を往来に配置することになる警戒態勢が、逆効果をもたらしていた。また、午前零時から二時までのいわゆる魔女が横行する時間帯《ウィッチング・アワー》を越えていたので、全員休憩のため分署に戻っていたことも意味しているかもしれない。だが、これは新しいロス市警の姿を示している可能性もある、とバラードは考えた。能動的な警察力の行使権限を奪われ、待ちの姿勢になり、出動要請があったときのみ、外に出て、クレームや批判にさらされないよう最小限の行動しかしない警察官たち。

バラードには、市警職員の多くが、銀行強盗に巻きこまれた市民の姿勢を取っているように見えた。うつむいて、視線を避け、「だれも動くな、動かなければ怪我《けが》をしない」という警告を忠実に守っている。

作業台の端にいるリック・ダヴェンポート巡査部長を見つけ、近づいていった。ダヴェンポートは携帯電話から顔を上げると、近づいてくるバラードを見て、マスクをつけていない顔に笑みを浮かべて、彼女を認めた。ダヴェンポートは四十代なかばで、十年以上、ハリウッド分署でギャングを担当していた。

「バラード」ダヴェンポートは言った。「エル・チョポが今夜殺されたと聞いたぞ」

バラードは作業台に来て、立ち止まった。

「エル・チョポ？」バラードは訊き返した。

「その昔、ハビエルはそう呼ばれていたんだ」ダヴェンポートは言った。「あいつがギャングをしていて、父親の店を盗難車部品を売る店《チョップ・ショップ》として使っていた当時は」

「だけど、いまはそうじゃない？」

「嫁さんがガキをひりだすようになってから堅気になったらしい」

「今夜事件現場にあなたの姿を見かけなくて驚いた。それが理由なの？」

「いろいろあるんだ。人が望んでいることをやっていただけさ」

「ストリートに出ないということ？」

「おれたち警察から資金を引きだして、地域社会に分配することができないなら、連中はおれたちを見たくないと思うのは、明々白々だ。そうだろ、コルド？」

ダヴェンポートはコルデロという名のギャング担当警官に同意を求めた。

「ああ、そのとおりだ、巡査部長」コルデロが言った。

バラードはダヴェンポートの右側にある無人の椅子を引きだして、腰を下ろした。まわりくどい言い方をしないことにした。

「で、ハビエルに関して、どんな情報を持ってるの？」バラードは訊いた。「彼が堅気になったと信じてる？　ラス・パルマスがそんなことを許す？」

「十二年か十五年まえ、金を払って足を洗ったと言われている」ダヴェンポートは言った。「われわれの知るかぎりでは、あいつはそれからずっと犯罪に手を染めず、堅気だった」

「あるいはあなたを出し抜くくらい賢い？」

ダヴェンポートは笑い声を上げた。

「その可能性はつねにある」

「この男に関するファイルをまだ持ってる？　シェイク・カードとか、なにか？」

「ああ、ファイルがあるぞ。ちょっと埃をかぶっているだろうな。コルド、ハビエル・ラファのファイルを引っ張りだして、バラード刑事に渡してくれ」

コルデロは立ち上がると、室内の一面を占めている四段式のファイル・キャビネットに歩いていった。

「つまり、ずいぶん昔まで遡らなきゃならないってことだ」ダヴェンポートが言った。「紙のファイルに入っている」

「ということは、ギャングとして活動していないのは、確実なの？」バラードは念押しした。

「ああ。もし活動していたら、こちらにわかったはずだ。一部の引退したギャング《OG》の動向も追っている。もし集まっていたら、こちらの目に入ったはずだ」

「足を洗うまえ、ラファはどこまで上にいってたの？」

「たいして上じゃない。兵隊だった。一度も立件したことがなかったが、チームのために盗んだ車を解体して売っていたのを把握している」

「金を払って足を洗ったというのがどんな形で聞こえてきたの？」

ダヴェンポートは思いだせないと言うかのように首を振った。

「たんなる人づての話だ」ダヴェンポートは言った。「タレコミ屋の名前は思いだせん——ずいぶん昔の話だ。だが、そのように言われていたし、われわれが判断するかぎりでは、それは正確な話だった」

「そんなことをするのにいくらくらいかかるの？」バラードは訊いた。

「思いだせんな。ファイルに書かれているかもしれん」

コルデロがキャビネットから戻ってきて、一冊のファイルをバラードではなく、ダヴェンポートに渡した。ダヴェンポートがそのファイルをバラードに手渡した。

「せいぜい調べてくれ」ダヴェンポートは言った。

「持っていっていい？」バラードは訊いた。

「返してくれるならな」

「了解《ラジャー・ザット》」

バラードはファイルを手にし、立ち上がると、部屋から出ていった。部屋を出る際に男たちの何人かに見られているのを感じた。できるだけなにもしないでおこうと決意している連中に対し一年間、まずおだて、次に情報と捜査への協力を要求したことで、バラードは、分署のなかで人気がなかった。

階段を下り、刑事部屋に入ったところ、リサ・ムーアが自分の机のまえにいるのを見た。ムーアはコンピュータに入力していた。

「戻ったんだ」バラードは言った。

「あなたのおかげじゃないわ」ムーアは言った。「あの連中とあの子ども警官のところに置いてきぼりにして」

「ロドリゲスのこと？　彼はこの仕事に就いて五年になるでしょう。ここに来るまえはランパート分署に勤務していたわ」

「そんなことどうでもいい。子どもみたいじゃない」

「奥さんと娘たちからなにかいい情報を手に入れた？」

「いえ、でも、いま書いているところ。ところで、この事件はどこへいくの？」

「少しのあいだキープしておくつもり。手に入れた情報をわたしに送ってちょうだい」

「ウェスト方面隊に渡さないの？」

「向こうじゃ、二重殺人事件で全チームが走り回っている。なので、向こうに引き取る用意ができるまで、わたしが調べてみる」

「それにダッシュはオーケイを出してるの？」

「話をした。問題はない」

「そこに持っているのはなに？」

ムーアはバラードが手にしているファイルを指し示した。

「ラファに関する古いギャング・ファイル」バラードは言った。「ダヴェンポートの話では、ラファは何年もギャングとして活動しておらず、家族を持ちはじめたときに金を払って足を洗ったそうよ」

「あら、すてきな話じゃない」ムーアは言った。

声には皮肉がはっきり現れていた。ムーアが共感の心をとっくに失ってしまっていることにずっとまえからバラードは気づいていた。フルタイムで性犯罪事件に取り組んでいることがそうさせたのだろう。被害者への共感欠如は、自分を守る手段だったが、バラードはそんなことが自分に起こらないよう願った。警察の仕事は、簡単に人の心を空っぽにしてしまう。だが、バラードは、共感力を失うことは、魂を失うことだと信じていた。

「ファイルする準備ができたら、報告書を送ってちょうだい」バラードが言った。

「そうする」ムーアが答えた。

「ミッドナイト・メンに関してはなにもないわね？」

「いまのところまだ。ひょっとしたら今夜はおとなしくしているのかも」

「まだ早い時間よ。感謝祭のときは、夜明けになって通報があった」

「すばらしい。夜明けが待ちきれない」

またしても皮肉だ。バラードはそれを無視して、手近にある無人の机を確保した。深夜勤務帯《レイトショー》で働いていることから、バラードには割り当てられた席がなかった。必要なときに刑事部屋の机を借りればいいことになっていた。腰を下ろした間仕切りスペースのひとつの棚に装飾品類がいくつか載っているのを見て、バラードは昼勤のトム・ニューサムという名の対人犯罪課刑事の作業スペースだとすぐに気づいた。ニューサムは野球ファンだった。小型台座に記念ボールが載っているものがいくつか棚に置かれていた。過去および現役のドジャースの選手にサインされたボールだった。そのコレクションのなかの逸品は、保護するための小さなプラスチック製キューブに囲まれていた。選手がサインしたボールではなかった。五十年以上、ラジオやＴＶでドジャースの試合を放送してきた男性のサインが記されていた。ヴィン・スカリーは、野球を超越したことから、街を代表する声として、尊敬されていた。バラードですら、スカリーが何者か知っており、ニューサムはたとえ警察署のなかとはいえそのボールが盗まれる危険を冒している、とバラードは思った。

目のまえでファイルをひらくと、バラードは若者だったハビエル・ラファの逮捕時写真に迎えられた。ラファは三十八歳で亡くなったが、その写真は故買品を受け取った容疑で二〇〇三年に逮捕されたときのものだった。写真がクリップ留めされている逮捕報告書の詳細をバラードは読んだ。いくつかの中古カー部品を荷台に載せた一九七七年製フォード・ピックアップ・トラックを運転していたところ、ラファは停車させられた、と書かれていた。それらの部品のひとつ――トランスアクスル――には、メーカーのシリアルナンバーがエンボス加工で記されており、一月まえにサンフェルナンド・ヴァレーで盗難に遭ったと届けが出ていたメルセデス・Gワゴンまでたどれた。

ファイルのなかの報告書によれば、ロジャー・ミルズと記されているラファの弁護士が処分の交渉にあたり、当時二十一歳だったハビエルに有罪答弁と引き換えに執行猶予と地域奉仕活動で済ますことに成功した。執行猶予が満了し、問題なく百二十時間の地域奉仕活動を終えたとき、事件はラファの記録から抹消された。ファイルには、ラファの地域奉仕活動に市内じゅうのフリーウェイの高架交差路に書かれたギャングの落書きを塗り消す作業も含まれていたと記されていた。

それがファイルにある一回こっきりの公式記録だったが、そこにペーパークリップで留められている何枚かの職務質問カードがあった。それらはすべて逮捕以前のもので、ラファが十六歳だったときまで遡っていた。その大半は、基本的なギャング対応から生じたものだった――集会を解散させるパトロールや、ハリウッド大通りをパトカーで巡回するといったときのものだった。巡査たちが氏名や所属、タトゥなどの特徴を書き取ったものがギャング情報ファイルとデータベースに登録される。自動車修理店の息子として、ラファはいつもクラシックカーやレストアした車、あるいはシャコタン車を運転しており、そのこともシェイク・カードと呼ばれる、職務質問カードに記載されていた。

初期のカードから、ラファはエル・チョポのニックネームがついていると記されていた。最大手のメキシコ系犯罪組織《カルテル》の親分のひとりで、スペイン語でチビを意味するエル・チャポの名で知られている男のあだ名をひねったものであるのは明白だった。バラードの目に留まり、二〇〇〇年から二〇〇三年にかけて書かれ、ファイルされた四枚のカードに繰り返し記載されていたのは、ラファの首の右側に入っていたタトゥの説明だった。オレンジ色のストライプと数字の13が入っている白いビリヤード球だという――ラス・パルマス13団と、それとの結びつき、およびメキシコ系マフィアとしても知られている刑務所内ギャングのラ・エメへの服従を示したものだ。数字の13は、アルファベットの十三番目の文字であるMを示していた。

バラードはラファの首で見た変色について考えた。タトゥを除去したときのレーザー処置で付いた痕だとわかった。

二〇〇六年十月二十五日の日付が入っている情報報告書のコピーが一枚入っていた。LP3として識別されている秘密情報提供者から提供された根拠が明かされていないゴシップや情報を箇条書きしたものだった。その情報提供者はラス・パルマス団の内通者だろうと、バラードは推測した。個々の記載事項に目を走らせ、ラファに関するものを見つけた。

ハビエル・ラファ（エル・チョポ）一九八二年二月十四日生まれ――ギャングから無条件で足を洗うため、現金で二万五千ドルをウンベルト・ビエラに払ったと言われている。

金を払ってギャングから足を洗った人間がいるという話をバラードは聞いたことがなかった。「血により入り、血により出る。死がわれらをわかつまで」というのがギヤングの掟《おきて》だとずっと思っていた。バラードは机の電話を手にした。ニューサムは分署の内線番号リストを電話にテープ留めしていた。バラードはギャング取締特別班《GED》の隣に記された内線番号に電話をかけ、ダヴェンポート巡査部長を呼びだした。ダヴェンポートが電話に出るのを待っているあいだ、バラードは野球のボールを台座のひとつから手に取り、そこに殴り書きされたサインを読み取ろうとした。バラードは野球のことも、ドジャースの過去の選手と現役選手のこともほとんど知らなかった。バラードには、サインのファーストネームは、ムーキーのように見えたが、人の名前のような気がしないので読み違いにちがいないと思った（ドジャースのスター選手、ムーキー・ベッツのこと）。

ダヴェンポートが電話に出た。

「バラードよ。質問があるの」

「どうぞ」

「ラス・パルマスのウンベルト・ビエラ、彼はまだこの辺にいるの？」

ダヴェンポートは喉を鳴らして笑った。

「〝この辺〟というのがどこまでを指しているかによるな」ダヴェンポートは言った。「少なくとも八年、いや十年は、ペリカン・ベイの州刑務所にいる。そして、戻っては来ないだろう」

「あなたの担当事件？」バラードは訊いた。

「ああ、ある意味そうだ。ホワイト・フェンス団員二名の187《殺人》（187は、カリフォルニア州刑法典で殺人を定義している条文）容疑で逮捕した。逃走担当の運転手を寝返らせた。それがウンベルトにとって運の尽きだ。やつはサヨナラだ」

「なるほど。ほかにだれかハビエル・ラファが金を払って足を洗ったことについて話を聞ける相手はいる？」

「ふーむ。いないな。覚えているかぎりじゃ、ずいぶん昔の話だ。つまり、OGはいつだってその辺にいるが、連中はルールを破らないから引退したギャング《オリジナル・ギャングスター》でいられるんだ。だが、一般的に、この手のギャングたちは、八年から十年おきにメンバー構成が大きく変わる。だれもラファのことをあんたに話したりしないだろうな」

「LP3はどうなの？」

ダヴェンポートが答えるまで、一拍間があいた。先ほどタレコミ屋を思いだせないと言ったとき、ダヴェンポートが嘘をついていたのが明白になった。

「彼女からなにを引きだすつもりなんだ？」

「ということは、女性なんだ？」

「そうは言ってない。彼からなにを引きだすつもりなんだ？」

「わからない。わたしは何者かがハビエル・ラファの頭に弾丸を叩きこんだ理由をさがしているの」

「まあ、LP3はとっくに消えた。そこは行き止まりだ」

「ほんとにそう？」

「ほんとだ」

「ありがとう、巡査部長。またあとで」

バラードは受話器を架台に戻した。LP3が女性であり、おそらくはいまも情報提供者として現役だろうというのがダヴェンポートの失言から明白だった。そうでなければ、うっかり口を滑らせたのを挽回《ばんかい》しようとしてああも不自然な取り繕いをしないだろう。ラファが十四年まえにギャングから足を洗ったらしいことを考慮した場合、事件に関してそのことがどんな意味があるのか、バラードはわからなかった。だが、もし事件がギャングの方向を向くならば、洞察と情報を提供できる内通者をGEDが抱えているというのは知っていていい情報だった。

「いまのはなんだったの？」ムーアが訊いた。

ムーアは通路をはさんだ席に座っていた。

「ギャング取締特別班」バラードは言った。「彼らはお抱えのラス・パルマス団の秘密情報提供者とわたしが話をするのをいやがっている」

「やっぱり」ムーアは言った。

バラードはそれがどういう意味なのか定かではなく、返事をしなかった。ムーアがレイトショーを担当するのは一回こっきりだとわかっていた。事件へのムーアの関与は、陽《ひ》がのぼり、彼女のシフトが終了し、緊急警戒態勢が解除され、すべての警察官がノーマル・スケジュールに復帰すれば終わるだろう。ムーアは昼勤側に戻るだろうが、バラードは暗闇の時間帯《ダーク・アワーズ》にひとり取り残されるだろう。

それはバラードがまさに望んでいるものだった。

7

バラードはラファ事件の殺人事件調書をまとめはじめた。これは事件報告書を書くといううんざりするほど退屈な作業からはじまる。そこには殺害内容を詳述し、被害者の身元をあきらかにするとともに、最初の通報時刻、対応したパトロール警官の名前、周囲の気温、近親者通知、その他の細部といった数多くの、文書に残すのは重要だが、事件を解決することはない、ありふれた詳細が含まれている。そののち、自分がおこない、かつリサ・ムーアから集めた目撃者の聴取内容の要約を記した。ムーアの報告書は短く、通り一遍のものでしかなかったけれど。ラファの末娘の聴取要約は、一行しか書かれていなかった――『この娘はなにも知らず、捜査にはまったく寄与することはない』

これらすべては三本リングのバインダーに入れられた。最後にバラードは、時間ごとに自分の行動を記録する事件時系列記録を書きはじめ、ダヴェンポートとの話し合いの内容も含めた。そののち、GEDファイルに入っていた書類のコピーを取り、それもバインダーに収めた。こうした作業を午前五時までに終えると、立ち上がり、ムーアに近づいた。ムーアは携帯電話で電子メールを読んでいた。ふたりのシフトはあと一時間で終わるが、それはバラードにはどうでもよかった。

「鑑識が集めたものを見に、ダウンタウンにいく」バラードは言った。「ここにいる、それとも、いっしょにいく？」

「ここにいたいな」ムーアは言った。「六時までに戻ってこられるわけがない」

「わかった。じゃあ、このGEDファイルをダヴェンポートに返してくれる？」

「ええ、それは任せて。だけど、あなたはなぜこんなことをするの？」

「こんなことをするって？」

「この事件で走りまわること。殺人事件でしょ。みんなが向こうで目を覚ましたらすぐウェスト方面隊に引き渡すことになるのに」

「そうかもね。だけど、わたしに調べさせてくれるかもしれない」

「あなたのせいで、ほかの人に悪い評判を与えるんだよ、レネイ」

「なんの話？」

「自分の縄張りに留まっていて。だれも動かなければ、だれも傷つかない、わかる？」

バラードは肩をすくめた。

「ミッドナイト・メン事件にわたしが乗り気になったとき、あなたはそんなことを言わなかった」バラードは言った。

「あれはレイプだよ」ムーアは言った。「あなたが話しているのは、殺人事件だよ」

「ちがいがわからないな。被害者がいて、事件がある。それに変わりはない」

「あのさ、言葉にするとこうなる——ウェスト方面隊はちがいをわかるでしょう。連中は自分たちの事件をあなたが持ち去ろうとするのを黙って認めるわけがない」

「いずれわかるわ。わたしはいくから。もしうちのふたりの尻の穴野郎がまた事件を起こしたら連絡して」

「ああ、そうする。そっちもおなじことをしてね」

バラードは借りている机に戻り、ノートパソコンを畳むと、手荷物をまとめた。奥の廊下を通って出入口に向かうため、マスクを引き上げる。廊下には逮捕者拘束用ベンチがあり、用心のため、防御策を講じておきたかった。逮捕された連中がなにを分署に持ちこむか、わかったものではなかった。

分署を出ると、101号線を使ってダウンタウンに向かった。どんな暗闇の時間でもいつも明かりを灯《とも》しているように思える高層ビル群に向かって、夜明けまえの灰色の道路を走っていく。車の量はパンデミックのあいだ、おおよそ半減していたが、この時間の街は死んでおり、バラードは十五分足らずで東向き10号線のインターチェンジにたどりついた。そこからさらに五分ほどで、カリフォルニア州立大学LA校のキャンパスに通じる出口に到着した。ロス市警とロサンジェルス郡保安官事務所が共有している五階建てのラボである科学捜査センターは、広大なキャンパスの南端に位置している。

ラボの建物は道路同様、静まり返っているようだった。バラードはエレベーターで三階に上がった。そこは鑑識技官が作業している場所だった。バラードはブザーを押してなかに入り、ハビエル・ラファの事件現場に出ていたアンソニー・マンザーノという名の技官に出迎えられた。

「バラード」マンザーノは言った。「だれから連絡があるんだろう、と思っていた」

「今回は、わたし」バラードは言った。「ウェスト方面隊は、二重殺人事件を追っていて、とても手が回らない状態」

「わざわざ言ってもらわなくてもいいさ。ぼく以外のみんながその事件に取り組んでいる。戻ってきてほしいよ」

「難しい事件にちがいないわ」

「どちらかと言えば、TV向けの事件で、みんな見栄えが悪いように映りたくないんだ」

バラードはマスコミ関係者がだれもガウアー・ガルチの事件に姿を見せていないのはなぜか不思議に思っていた。当初の見立て、だれかが落ちてきた弾丸に当たって死んだは、マスコミ好みのものだろうとバラードは思っていたのだが、いまのところバラードが承知している問い合わせはなかった。

マンザーノはラボのなかの自分の作業スペースまでバラードを案内した。ほかのポッドで三人の鑑識技官が働いているのを見かけたが、彼らはウェスト方面隊の事件に取り組んでいるのだろう、と思った。

「どんな事件だったの？」バラードはさりげなく訊ねた。

「年輩のカップルが強盗に遭って、殺されたんだ」マンザーノは答えた。

一拍置いてから、その事件の意外な展開をマンザーノは付け加えた。

「ふたりは火をつけられた」マンザーノは言った。「生きたまま」

「ジーザス・クライスト」バラードは言った。

バラードは首を振ったが、すぐに、そうだろうね、マスコミはそっちの事件に殺到するだろう、と思った。ロス市警は、細心の注意を払って捜査にあたっていると見せかけるため、数多くの人員を投入するだろう、とも。つまり、ロビンスン＝レノルズ警部補の承認を得られれば、ラファ事件をキープしておけるチャンスがかなりあるということだった。

マンザーノのポッドにはライトテーブルがあり、その上に、幅広いグラフ用紙が載っていて、事件現場の見取り図を描く作業がおこなわれていた。

「これがきみの事件現場で、ぼくは回収した薬莢の場所を書きこんでいたんだ」マンザーノは言った。「OK牧場の銃撃戦があったみたいだな」

「空に向かっての発砲を指しているの？」バラードは言った。

「ああ。じつに興味深い。三十一個の薬莢を回収した。ぼくの考えでは、使われていたのはたった三丁の銃だった――殺害に使われた凶器を含め」

「説明して」

グラフ用紙の横にマンザーノのメモと現場のスケッチが留められたクリップボードがあった。また、蓋のあいている段ボール箱があり、なかには個々に証拠保管用ビニール袋に収まった三十一個の薬莢が入っていた。

「オーケイ、つまり、三十一発の発砲で三十一個の薬莢が地面に落ちた」マンザーノは言った。「三種類の異なる口径と弾丸銘柄があったので、突き止めるのはきわめて簡単だった」

マンザーノは段ボール箱に手を伸ばし、なかをさがしまわると、薬莢を入れた袋をひとつ取りだした。

「十七個の薬莢はウインチェスター製の九ミリPDX1弾のものだと特定した」マンザーノは言った。「FUに確認してもらわなければならないだろうが、非専門家として、ぼくには、これらの薬莢の撃針痕はおなじように見えることから、全弾、九ミリ口径の銃器から発射されたものであることを示唆しているだろう。全弾装填しているなら、弾倉に十六発、薬室に一発入るタイプだ」

マンザーノが口にしたFUというのは、火器課《ファイヤーアームズ・ユニット》のことだが、もはやその名では呼ばれていなかった。FUという略称がほかの意味、つまり、ファック・ユーと結びつくからだ。いまは、火器分析課《ファイヤーアームズ・アナリシス・ユニット》と改称されていた。

「たぶんグロック17か同様の銃器だと思っているだろうね」マンザーノは言った。「それから四〇口径のフェデラル社製薬莢が十三個あった。うちにある弾薬カタログを見てみたところ、この薬莢は被甲したホローポイント弾のものに似ているけど、それにはFUが正式の意見を出すだろう。また、もちろん、この弾丸はさまざまな銃器から発射された可能性がある。弾倉に十二発、薬室に一発入るタイプだ」

「オーケイ」バラードは言った。「すると残りは一個になる」

マンザーノは段ボール箱に手を伸ばし、最後の薬莢が入っている袋を取りだした。

「そうだ」マンザーノは言った。「こいつはレミントン二二口径の薬莢だ」

バラードはその証拠袋を手に取り、真鍮《しんちゅう》の薬莢を見た。それがハビエル・ラファの命を奪った弾丸に付いていたものだと確信した。

「すばらしい成果ね、アンソニー」バラードは言った。「これをどこで見つけたのか教えて」

マンザーノは事件現場図に記されたXマークを指し示した。そのマークの隣にナンバー1と書かれており、それは一台の車の四角い輪郭のなかにあった。車の右側には、棒線で人の形が描かれていて、バラードはそれがハビエル・ラファを表しているいると受け止めた。

「もちろん、被害者はわれわれが現着するまえに移送されていたけれど、血だまりや救急隊員が残していった処置後のゴミ類で、被害者の倒れていた場所はわかる」マンザーノは言った。「薬莢は、血だまりから二・八メートル離れたところで、レッカー車置き場に残されていた破損した車の下にあった。車はシボレー・インパラだと思う」

　幸運に恵まれた、とバラードは思った。排出された薬莢は車の下に転がり、ラファが倒れたことにまわりの人間が気づきはじめるまえに発砲犯が薬莢を回収するのを困難にしたのだ。

　バラードは証拠袋を掲げた。

「これを火器課に持っていってもいい？」バラードは訊いた。

「ＣＯＣを書こう」マンザーノが答える。

　彼が話しているのは、書類の送付先を追跡できる《チェイン・オブ・カストディ》レシートのことだった。

「だれか向こうにいるかどうか知ってる？」バラードは訊いた。

「だれかいるはずだ」マンザーノは言った。「ほかの職員とおなじように最大規模の配置任務についている」

　バラードは携帯電話を取りだして時刻を確認した。緊急警戒態勢は、あと十五分で終了する。きょうは、金曜日であり、一月一日の祝日でもあった。火器分析課の人間は、さっさと姿を消しているかもしれなかった。

「オーケイ、ＣＯＣにサインをさせて。連中が帰るまえに向こうにいかせてもらう」バラードは言った。

FAUは廊下の先にあり、バラードは残り十分という時間でなかに入った。最初、一足遅かったと思った——だれの姿も見えなかった。だが、だれかがくしゃみをする音が聞こえた。

「ハロー？」

「すまん」だれかが返事をした。「そっちへいく」

FAUのロゴが付いた黒いポロシャツ姿の男性が、室内のひとつの壁に並んでいる銃保管ラックの一本から姿を現した。この課は、長年にわたって非常にさまざまな火器を集めており、それらはアコーディオンのように閉じられる何列ものラックに展示されていた。

男は羽根ばたきを持っていた。

「ちょっとした掃除をしていたんだ」男は言った。「サーハン・サーハンの銃に埃を積もらせるのは許されないだろうから。歴史の一部だ（サーハン・サーハンはロバート・ケネディ暗殺犯）」

バラードはつかのま、ただじっと見ていた。

「ミッチ・エルダーだ」男は言った。「なんのご用かな？」

バラードは名乗った。

「緊急警戒態勢が終わると、帰るのかしら？」バラードは訊いた。

「その予定だが」エルダーは言った。「だけど……なにを持ってるんだい？」

銃オタクは挑戦事をつねに好むことをバラードは経験から知っていた。

「深夜、殺人事件が起こったの。銃撃による。薬莢が一個あり、使用された銃器の型を知りたいと思っているところ。NIBINに走らせてもらって」

NIBINとは、ナショナル・インテグレーテッド・バリスティック・インフォメーション・ネットワーク（全米統合弾道学情報網）のことで、犯罪で使われた弾丸と薬莢の情報を蓄えているデータベースだった。特定の武器と照合し、犯罪と犯罪を比較しうる特徴的な印をデータに収めていた。薬莢は弾丸より優れたデータだった。銃弾は衝撃によりバラバラになったり、ひしゃげたりしがちで、比較がより難しかったからだ。

バラードは薬莢が入っている透明な証拠袋を餌として掲げ持った。エルダーの目がそこに釘《くぎ》づけになった。時間はかけなかった。

「きみが持っているものを見せてもらおう」エルダーは言った。

バラードはエルダーに袋を渡し、彼のあとについて、ひとつの作業スペースに向かった。エルダーは手袋をはめ、薬莢を取りだすと、照明付き拡大鏡の下で、それを吟味した。エルダーは薬莢を指を使って回転させ、発射されたときに火器によって残された痕の縁を詳しく見た。

「いい抽筒子痕《ちゆうとうし》だ」やがてエルダーは言った。「さがしているのはワルサーだと思う……調べればわかる。コード化するのに少し時間がかかる。もし朝食を食べにいきたいなら、戻ってくるころに答えを出しておこう」

「いえ、大丈夫」バラードは言った。「電話をかけないといけない」

「じゃあ、これが終わってからいっしょに朝食にいけるかもしれない」

「あー……この事件の捜査をつづける必要があると思う。だけど、誘ってくれてありがとう」

「お好きなように」

「あいている机をさがしにいくわ」

バラードは首を振りそうになりながら立ち去った。断った最後にありがとうと付け加えた自分に腹が立った。

机の上に電話があるだけで、ほかになにもない作業空間を見つけた。バラードは自分の携帯電話を取りだし、ロビンスン＝レノルズに連絡したところ、明らかに寝ていた彼を起こした。

「バラード、なにごとだ？」

警部補は怒っているようだった。

「何時であろうと情報の更新をするようにというお話でしたが」

「ああ、そう言った。なにを手に入れた？」

「発砲事件は殺人事件でした——故殺です——そしてわたしはこの事件を手放したくないです」

「バラード、わかっているだろうが、殺人事件は——」

「手続きはわかっていますが、ウエスト方面隊はマスコミに注目される事件を追いかけていて、わたしがこの事件を彼らの手から取り上げるのを歓迎するはずです——少なくとも、いま彼らが抱えている二重殺人事件で一息つくまでは」

「きみは殺人事件担当刑事じゃない」

「わかってます、ですが、元殺人事件担当刑事でした。わたしはこの事件を扱えます、警部補。すでに目撃者聴取をおこなっており、わたしは科学捜査センターにきていて、いまはわれわれが発見した薬莢を火器課でＮＩＢＩＮ検索にかけているところです」

「きみはそんなことをすべきじゃなかった。過失事件ではないとわかったらすぐに引き渡すべきだった」

「ウェスト方面隊は忙しかったんです。わたしが初動捜査をおこないました。いま引き渡すことは可能ですが、連中はすぐに調べたりはしません。何時間も、ひょっとしたら何日も過ぎてから調べるでしょう」

「わたしの管轄案件じゃないんだ、バラード。連中の管轄案件だ。向こうのフエンテス警部補が扱うものだ」

「フエンテス警部補に連絡して、この件をわたしに任せるよう説得してくれませんか、警部補？　この事件をわれわれが捜査すると聞けば、先方はたぶん喜びますよ」

「この件でわれわれはない、バラード。それにきみは十分まえに非番になっているはずだ。きみに残業代は認めない」

「残業代欲しさにやっているんじゃありません。この件でグリニーズは要りません」

グリニーズというのは、残業を承認するため上長が記入して署名しなければならない名刺七号サイズのカードの色を指したものだった。

「グリニーズは要らない？」ロビンスン＝レノルズは訊いた。

「要りません」バラードは約束した。

「ミッドナイト・メン事件はどうなっている？　それにムーアはいまの話のどこにいるんだ？　ふたりはいっしょに任務にあたっているはずだぞ」

「彼女は分署で殺人事件調書をまとめはじめており、目撃者の証言をまとめていま
す。ミッドナイト・メン事件ではなにも起こっていませんが、調べをつづけていると
ころです。そっちも手放していませんよ」
「だとすればきみはやるべきことをたくさん抱えることになる」
「自分で抱えきれないならこんなことをお願いしません」
沈黙が下り、やがてロビンスン＝レノルズは決断を下した。
「わかった、フエンテスに連絡しよう。結果は追って伝える」
「ありがとうございます、警部補」
警部補のほうが先に電話を切り、バラードはエルダーの作業スペースに戻った。彼
はいなくなっていた。バラードがあたりを見まわしたところ、フリーウェイ10号線に
面している窓際にあるコンピュータ端末のところに彼が座っているのが見えた。すな
わち、ＮＩＢＩＮデータベースに取り組んでいるということだ。バラードはそちらに
歩いていった。
「バラード、ここにヒットしたものがあるぞ」エルダーが言った。
「ほんと？」バラードは言った。「どんな？」
「別の事件だ。この銃弾は別の殺人事件と結びついている。ほぼ十年まえにヴァレー

地区で発生した事件だ。強盗でひとりの男性が撃たれた。薬莢が合致した。おなじ銃が使用されている。ワルサーP22だ」

「ワオ」

バラードは背中を撫で下《お》ろしていく冷たい指を感じた。

「事件番号は？」バラードは訊いた。

エルダーはコンピュータ画面から番号を読み上げた。バラードはコンピュータ端末の横にあるカップからペンを手に取り、手帳に番号を書き記した。

「被害者の名前はなに？」バラードは訊いた。

「リー、アルバート、二〇一一年二月二日死亡」

バラードは全部書き取った。

「未解決事件？」バラードは訊いた。

「未解決だ」エルダーは言った。「強盗殺人課の担当事件だ」

強盗殺人課は、バラードがハリウッドでレイトショーの任務に突然送りだされるまえに勤めていた部門でもあった。だが、二〇一一年は、バラードがそこに所属するまえだった。

「捜査担当者の名前は書かれている？」バラードは訊いた。

「書かれているが、時間切れだな」エルダーは言った。「ここには、捜査担当者がハリー・ボッシュだと記されている。だけど、ボッシュのことを知っているんだが、あの男はしばらくまえに引退してるよ」

バラードは一瞬だけ凍りついたが、なんとか口をひらいた。

「知ってる」とバラードは言った。

8

バラードはウッドロウ・ウィルスン・ドライブにある家のまえで車を停めた。あくびをし、まず自宅に戻ったのは間違いだったかもしれない、と悟った。堅苦しい制服を着替えたのはいいことだったが、一時間、カウチでうたた寝したのは、疲れを癒《いや》すどころか、かえって強調しただけだった。

車のドアをあけるとすぐ、家から音楽が聞こえてきた。かなり速いテンポの曲だったが、ハリー・ボッシュの家でよく聞こえていた音楽よりブルースっぽいものだった。それにボーカルが入っていた。そのせいで、ひょっとしたらほかのだれかが家のなかで音楽に耳を傾けているのかもしれないという気がした。

音楽にかき消されないようドアを強めにノックした。すぐに音楽は途切れ、ドアがあいた。ボッシュだった。

「おや」ボッシュは言った。「最後には改心した放蕩《ほうとう》刑事のご帰還だ」

「なに？」バラードは言った。「なにが言いたいの？」

「たんに久しくきみから連絡がなかったというだけさ。おれのことなど忘れてしまったんだと思ってた」

「ねえ、ダークサイドにいってしまったのはそっちのほうよ、あの刑事弁護士のために働くなんて。わたしに割ける時間はないだろうと思った」

「ほんとかい？」

「ほんと。で、ワクチンはもう打ったの？　自分のなかにお客さんが入っているってどんな感じ？　わたしは抗体ができているし、マスクをつけたままでいられるわ」

ボッシュはうしろに下がって、バラードをなかに通そうとした。

「入ってかまわないし、マスクはつけなくてもいい。おれはまだワクチンを打っていないが、リスクは甘んじて受ける。それから、念のため言っておくが、おれはミッキー・ハラーのために働いてはいなかった。おれは自分のために働いている」

バラードはハラーに関するコメントを無視し、マスクをつけたまま敷居《しきい》をまたいだ。

「ここでパーティーをひらいているみたいな音だった」

「ちょっとボリュームを上げすぎていたかもしれん」

ボッシュの家は変わっていなかった。入り口を入って右手に簡易キッチンがあり、バラードはそちらに向かって歩を進め、ダイニング・エリアの脇を通り抜けてリビングに入った。デッキの引き戸があいており、そこにはカーウェンガ・パスの眺望が広がっていた。バラードはあいた引き戸を指さした。

「この谷間に住んでいる全員にあなたの好きなビートを聴かせているのね」バラードは言った。「すてき」

「これはその話なのか？」ボッシュは訊いた。「騒音の苦情？」

バラードは振り返ってボッシュを見た。

「実際には、別件での苦情」

「新年をはじめるにしてはすばらしいやり方だ——ロス市警がおれに腹を立てているとは。思い当たる節があればいいんだが」

「ロス市警じゃない。いまのところは。わたしだけ。けさ、はるばるウェストチェスターまで車を走らせ、そこにロス市警がオープンした新しい殺人事件資料館にいったの。ほら、そこには未解決事件の殺人事件調書が全部保管されている。市警はやっと一ヵ所で集中管理できるようにしたんだ。で、あなたが担当した古い事件のひとつの調書を請求したところ、それがなくなっていると言われた。最後に借りだしたのはあなただった」

ボッシュは渋い顔をして首を横に振った。

「新聞でその施設の記事を読んだ」ボッシュは言った。「アーマンスン家がスポンサーになっている。だけど、グランドオープンしたのは、おれがロス市警を辞めてずいぶん経《た》ってからだ。おれはその場所に足を踏み入れたことはないし、ましてや調書を借りだしたこともない」

バラードはボッシュの回答を予期し、答えを知っていたかのようにうなずいた。

「各分署にあった調書のアーカイブがあるときいっせいに動かされたの」バラードは言った。「もし調書が借りだされていたなら、アーマンスンの棚に空きが生じるよう貸出票も動かされた。あなたの事件の貸出票は二〇一四年のものだった――殺人事件の三年後で、あなたが市警を辞めるまえのことだった」

ボッシュはすぐには応答しなかった。あたかも事実関係を頭のなかで調べているかのように。

「その事件は二〇一一年に起こったものなのか？」ようやくボッシュは訊いた。「被害者の名前は？」

「アルバート・リー。ワルサーP22で殺された。どうやらあなたが薬莢を回収したようね。だけど、わたしが知っているのはそれだけ。あなたが殺人事件調書を取っていってしまったから。それを取り返さないといけないの、ハリー」

ボッシュはその非難を止めさせようとするかのように片手を挙げた。

「おれは調書を取っていない、いいな?」ボッシュは言った。「辞めたとき、まだ未解決だったすべての担当事件の時系列記録をコピーした。一部の事件に関しては、すべての資料をコピーした。だが、調書そのものを取っていったことは一度もない。それに各分署の保管庫の場合、だれでもその調書を借りだし、貸出票におれの名前を記入することができた。殺人事件調書にはなんの保全措置も講じられていなかった。必要ないと思われていたんだ。なぜなら、安全だとみなされていたから――結局のところ、調書は警察署のなかに置かれていたんだから」

バラードは腕を組み、まだその点について受け入れる用意をしていなかった。

「じゃあ、時系列記録は持っているかもしれないけど、調書は持っていないと言ってるわけ?」

「そのとおり。当該事件が解決して、当初の捜査について証言するため法廷に呼びだされる場合に備えて時系列記録を取ってある。なんと言うか、記憶を蘇《よみがえ》らせることができるようにしておきたいんだ。アルバート・リー事件は覚えている。調書を盗みだしたいと思うようなたぐいの事件じゃなかった」

バラードは姿勢を変え、ダイニングルームのテーブルを振り返った。入ってきたときには気づかなかった厚さ十五センチの書類の束がテーブルに載っていた。いちばん上のページは、明らかに解剖報告書の最初のページだった。バラードはそれを指さした。

「そこにあるのはなに？」バラードは訊いた。「どう見ても調書まるまる一冊分に見える」

「六冊の調書の一部だ」ボッシュは言った。「だけど、リーの資料じゃない。信じないなら自分で見るがいい。なぜこんなことできみに嘘をつかなければならない、レネイ」

「どうだろう。だけど、調書を盗むのは、クールじゃない」

「同感だ。だから、おれはけっしてやらなかった」

バラードはテーブルに歩み寄り、片手で書類の束をテーブルに広げ、書類の一部が読めるようにした。ある書類には監視写真と思《おぼ》しきものが添えられていた。写真には〈イン・N・アウト〉レストランの駐車場だとはっきりわかるところに停まっていた車にひとりの男が乗ろうとしているのが写っていた。日付や時刻のタイムスタンプがないことから正規の張りこみ写真ではなかった。

「これはだれなの？」バラードは訊いた。

「リーの事件じゃないぞ」ボッシュは強調して言った。「まったく別の事件だ、いいな？」

「訊いてみただけ。何者なの？」

「フィンバー・マクシェーン」

バラードはうなずいた。それが書類の束を説明していた。数多くの殺人事件調書を生みだす事件というものがある。とりわけ、未解決事件ならば。

「そうだと思った」バラードは言った。「放っておけないんでしょ？」

「なんだ、放っておくべきだと思うのか？」ボッシュは訊いた。「やつは家族を皆殺しにして、逃げおおせた。それを放っておくべきだと？」

「そんなことは言ってない。そいつがあなたの白鯨だと知ってる、ハリー。まえにその件で話をしたでしょ」

「オーケイ、じゃあ、わかっているわけだ」

バラードは会話を自分の事件に戻したかった。

「リーの事件は、あなたが調書を全部コピーしたたぐいの事件ではないとさっき言ったけど」バラードは言った。「それはどういう意味かしら？」

「おれの心に食いこんでこなかった」ボッシュは言った。

「どうして？」

「まあ、知ってのとおり、あるいはきみもいずれわかるようになると思うが、自業自得で死んでしまう人間もいる。それ以外の人間は、バスに轢《ひ》かれたようなものだ。たまたまタイミング悪く、間違った場所にいて、自分たちに悲運をもたらすことはなにもしていないのに死んでしまう。彼らはなにも悪いことをしていない」

ボッシュはテーブルに広がっている書類の束を指し示した。

「そしてそういう人たちはきみの心に食いこむんだ」ボッシュは言った。

バラードはうなずき、しばらく黙りこんだ。なにも悪いことをしなかった人々に敬意を表するかのように。

「食いこもうと食いこむまいと、リーについて覚えていることを話してくれる？」バラードは訊いた。「昨夜ハリウッドで起こった男性殺害事件と薬莢の抽筒子痕が一致したの」

ボッシュは眉を上げ、驚いた表情を浮かべた。やっと興味をそそられたようだ。

「一年最後の殺人事件か？」ボッシュは言った。

「実際には、最初の事件」バラードは言った。「新年記念の発砲が午前零時にはじまったとき、何者かがわたしの被害者の頭に銃弾を撃ちこんだの」

「騒音でカモフラージュしたんだ。賢明な手口だ。被害者は何者だ？」

「ハリー、ここで質問するのはあなたのほうじゃない。まず、リーについて話して。そのあとで、わたしの事件について話せる——かもしれない」

「わかった。座りたいかい？」

ボッシュは比較的快適そうなリビングルームではなく、テーブルのほうを指し示した。テーブルのうしろに移動する。書籍やファイル、CD、LPが雑然と詰めこまれた壁を背にして、腰を下ろした。バラードはボッシュの向かいに座った。

ボッシュはバラードがテーブルの上に広げたファイルを元に戻し、四角くまとめて積み重ねながら、口をひらいた。

「アルバート・リー、黒人男性、亡くなったとき三十四歳だったと思う。三十三歳だったかもしれない。彼にはいいアイデアがあった。ラッパーたちが一夜にしてスターになりはじめていた。自分たちでテープを制作し、スラム街やらなにやらから抜けだしていった。リーは金を借りて、ノース・ハリウッドにレコーディング・スタジオをひらいた。いい場所だった。サウス・セントラルのギャングの縄張りから離れており、人々がやってきて、スタジオを時間借りし、自分たちのラップをレコーディングすることができた。すばらしいアイデアだった」

「そうでなくなるまでは」

「そうだ、そうでなくなるまでは。リーは金を借りたと言っただろ。月々払わなければならないローンに加え、賃料やそれ以外の経費がかかった。おまけに彼のスタジオに録音に来た連中のなかには――」

「ギャングがいた」

「いや。つまり、ギャングはいたんだが、おれが言おうとしていたのは、スタジオを借りに来たくせに金のない連中がいたということだ。そしてアルバートは――優しい面があり――彼らが作る音楽の一部を譲渡する契約で、録音させてやったんだ」

「なるほど。長い目で見て回収しようとしたのね」

「そのとおり。そして、ごく少数の人間は、ビッグヒットを飛ばしたんだが、それでも回収は遅かった。成功した連中を何人か訴えたんだが、すべて裁判所でふん詰まりになってしまった」

「リーはその商売を辞めるつもりだったの？」

「そうなるはずだったんだが、リーは投資家に借金していたんだ。ファクタリングがなにか知ってるか？」

「いいえ」

「ある種のつなぎ融資である事業者向け高利貸しなんだ。事業者の売掛金勘定を担保にする。わかるか？」

「いいえ、よくわからない」

「たとえばきみの会社に百ドルの売掛債権があるが、その金は二ヵ月先にならないと入ってこないとする。ファクター・ローンは、きみにその百ドルを融資し、きみは事業を継続できる。けれど、その融資は不動産や設備によって担保されないんだ。なぜなら、そういうものは全部会社が所有しているものではないから。すべて借りているものだ。ローンの担保として会社が唯一持っている価値あるものは、会社の債権だ——売掛債権という」

「オーケイ、わかった」

「そしてそれがアルバート・リーがやったことだ。ただし、それは高金利の融資なんだ——法的に認められている金利の上限に達しているが、限度は超えていない。合法的であり、それがアルバートの下っていった道だった。彼は三つの異なるファクタリング会社から合計十万ドルを借り、事業がうまくいかなくなり、返済できなくなった。訴訟が遅れに遅れたからだ。すると、すぐに金を貸していた人間が事業を乗っ取った。その男はアルバートを責任者に据え、事業を継続させ、アルバートに給料を払い――そしてここが肝心なところだ――なにかがアルバートの身に起こった場合に備えて幹部職員保険に入らせたんだ」

「ああ、ひどい。いくらの？」

「百万ドルだ」

「で、アルバートは殺され、金を貸したやつは保険金を手に入れた」

「そのとおり」

「だけど、あなたは立件できなかった」

「そこまでたどりつけなかった」

ボッシュはテーブルの上の書類の束を指し示した。

「こいつみたいに。犯人の目星はかなりついていたんだが、たどりつけなかった。だけど、この一家と違って、アルバートはその道を殺人犯といっしょに下ったんだ。一部の人にとって、狼《おおかみ》が家に押し入る。アルバートみたいな人間の場合、本人が狼を招き入れるんだ」

「で、狼を招き入れた人間には同情しない。〝だれもが価値がある。さもなければだれも価値がない〟という信条にどう当てはまるの?」

「ドアをあけてしまう人間にも価値はある。だけど、罪のない人間のほうが優先されるんだ。そうした人たちの事件を全部解決したら、次の波の話ができる。だれもが価値があることに変わりはない。たんに一日の時間、一年の日数に限りがあるということだ」

「だから、家族皆殺しにしたやつがあなたの事件の山のいちばん上に置かれているのね」

「そのとおりだ」

バラードは、事件に夢中になるのか、あるいは列のいちばんうしろにまわすことができるのかに関するボッシュの見方を消化しながらうなずいた。

「で」バラードは口をひらいた。「アルバート・リー事件の場合、だれが債権買取人だったの?」

「医者だった」ボッシュは言った。「実際には歯医者だ。名前はジョン・ウイリアム・ジェイムズだった。彼の医院はマリーナ・デル・レイにあり、歯に冠をかぶせて稼いだ金で売掛債権買取金融《ファクタリング》をはじめたんだろう」

「〝だった〟と言ったわね。彼の名前はジョン・ウイリアム・ジェイムズ〝だった〟

と」

「ああ、それがきみの事件では厄介なことになるだろうな。ジョン・ウイリアム・ジェイムズは死んだ。アルバート・リーが殺された二年後、ジェイムズも殺されたんだ。医院の外にある駐車場で、自分のメルセデスに乗っていたところ、何者かがジェイムズの頭にも二二口径弾を撃ちこんだ」

「クソ」

「それで手がかりがなくなったかな？」

「そうかも。だけど、この事件の時系列記録やほかにあなたが持っているものを見つけられるかどうか確かめたい」

「いいとも。カーポートのクローゼットか家の下にあるだろう」

「下？」

「ああ、引退したあとでそこに収納部屋を建てたんだ。とてもいい部屋だぞ。下に下りて事件を調べるときのためのベンチも置いてある」

「じゃあ、そういうことを頻繁にやってるんだ」

ボッシュは返事をせず、それをバラードは肯定の意味だと受け取った。

「ところで」バラードは言った。「調子はどうなの……被曝《ひばく》の件は？」

バラードは白血病という言葉を口にするのをためらった。

「どうやら、まだどうにかやってるよ」ボッシュは言った。「薬を服用しており、それが進行を食い止めているようだ。進行する可能性はあるが、いまのところ不満はない」

「それはよかった」バラードは言った。「じゃあ、時系列記録をさがしてもらえる?」

「いいとも、すぐに戻る。ちょっとかかるかもしれないが。さっきの曲のつづきをかけようか?」

「いいわね。そう、訊こうと思っていたんだ、わたしが車を停めたときなんの曲をかけていたのかなと。グルーヴ感があった」

「《コンペアド・トゥ・ホワット》。最初のジャズ・プロテスト・ソングだと言う人もいる――『だれも根拠《ライム》や理由《リーズン》をおれたちに寄こさない。少しでも疑問を持ったら、裏切りと呼ばれるんだ』」

「わかった、つづきを聴かせて。だれが演奏してるの?」

ボッシュは立ち上がり、ステレオに近づくとプレイ・ボタンを押した。それから音量を調整して下げた。

「オリジナルはエディ・ハリスとレス・マッキャンだったが、このバージョンは、ジヨン・レジェンドとザ・ルーツだ」

バラードは笑い声を上げはじめた。ボッシュはまたボタンを押して止めた。

「なんだ？」ボッシュは訊いた。

「驚かされたの、ハリー、それだけ」バラードは答えた。「あなたが今世紀に録音されたものに耳を傾けるとは思ってなかった」

「傷つくぞ、バラード」

「ごめん」

「すぐ戻ってくる」

9

バラードがコンドミニアム《マンション》の駐車場で、後部座席からナップザックを掴み、ボッシュから手に入れたプリントアウトを脇にはさんでいると、ひとりの男が近づいてきた。ハッとして駐車場を見まわしたところ、ほかにだれも見当たらなかった。銃はナップザックのなかだ。

「やあ、ご近所さん」男は言った。「挨拶したかっただけなの。二十三の人でしょ？」

男が口にした番号が自分の部屋番号だとバラードはわかっていた。この建物に引っ越してきたのはほんの数ヵ月まえで、全部で二十五戸しかなかったが、ほかの住民全員に会ったわけではなかった。

「ええ、はい、どうも」バラードは言った。「レネイです」

ふたりは肘と肘を軽く合わせた。

「あたしは十三号室のネイト、あなたの真下の部屋の」男は言った。「あけましておめでとう！」

「あけましておめでとう」バラードは言った。

「あたしのパートナーはロバート。あなたが荷物を運び入れているときに会ったと彼は言ってた」

「ああ、そうね、ロバートには会ったわ。テーブルをエレベーターに入れるのを手伝ってくれた」

「彼の話だと、あなたは警察官なんですって」

「ええ、そうです」

「近ごろ、警官でいるのは、いい時期じゃないと思うな」

「なにごともいいときもあれば悪いときもあります」

「だからなんだというわけじゃないけど、あたしはブラック・ライヴズ・マターのデモに参加したの。悪く思わないでね」

「思いません。それにわたしもおなじ気持ちです——黒人の命を軽視するな《ブラック・ライヴズ・マター》」

バラードはネイトがヘルメットを手に持ち、サイクリング・ウェアを着ているのに気づいた。臀部《でんぶ》にパッドの入ったピチピチのサイクリングショーツで、自転車に乗っていないときには、不格好に見える代物だった。バラードは、おなじマンションの住民に失礼にならないように話題を変えたかった。

「自転車に乗るの？」バラードは訊いた。

まぬけな質問だったが、どうにかひねりだしたものだった。

「機会があるたびに」ネイトは言った。「だけど、あなたは別の趣味があるようね」

彼はバラードのランドローバー・ディフェンダーの正面にある駐車場の壁に立てかけていたボードを指さした。一本は波の穏やかなとき用のパドルボードで、もう一本はサンセット・ビーチの波が出たときにサーフィンをするためのラスティ社製ミニタンカーだった。手持ちのほかのボードはマンションの倉庫に入れていたが、自分用のロッカーは満杯であり、いちばん使用頻度の高いボードを駐車場に置いているのは盗難リスクがあるとわかっていた。出入口の防犯カメラに抑止効果を期待していた。

「ええ、ビーチが好きなんだと思う」そう答えてすぐ、自分の回答がいやになった。

「まあ、会えてうれしいし、歓迎します」ネイトは言った。「それからあたしは管理組合のいまの理事長なの。あなたが企業区分所有者から賃借しているのは知っていますーーわれわれ管理組合はそれを承認していますからねーーだけど、管理組合関連でなにか必要なら、一階のあたしの部屋のドアをノックしてちょうだい」

「あー、わかりました。そうします」

「それから中庭でひらかれる親睦会でお会いできれば嬉《うれ》しいわ」

「そういうものがあるのは初耳です」

「毎月第一金曜日に開催されているの。もちろん、きょうを除いて。終業後の時間帯に。持ちこみ制だけど、費用は割り勘」

「オーケイ、わかりました。参加させていただくかもしれません。お会いできてよかった」

「あけましておめでとう！」

「あたしも」

バラードは隣人を持つことにまだ慣れておらず、挨拶をした際に気まずい思いをした――とりわけ自分が警官であることが判明したときに。過去四年間の大半、寝るのにヴェニス・ビーチのテントや、ヴェンチュラの祖母の家を使ってきた。だが、Ｃｏｖｉｄ19がビーチを閉鎖する一方、ヴェニスのホームレス人口が拡大して、バラードにとって、そこで暮らしたいと思わない場所にしていた。バラードはマンションの部屋を借りた。分署から十分しかかからないところに。だが、上下左右に隣人を抱えることになった。

ネイトはエレベーターに向かったが、バラードは彼といっしょにエレベーターに乗って、さらに雑談せざるをえなくなるのがいやで、階段でいこうと決めた。携帯電話が鳴りだし、バラードはポッシュから手に入れた書類を落とさないようにポケットから電話を取りだすのに苦労した。リサ・ムーアがかけてきたのが画面でわかった。

「畜生」リサは挨拶がわりにいきなりそう言った。

「どうしたの、リサ？」バラードは訊いた。

「事件が起こった。あたしはケヴィンといっしょにミラマー・ホテルまであと五分のところにいるのに」

バラードはその発言を、ミッドナイト・メンがあらたな被害者を発生させ、ムーアはボーイフレンドのオリンピック分署巡査部長といっしょにサンタバーバラのリゾート施設にもうすぐ到着するところでいるという趣旨だと解釈した。

「事件とはなに？」バラードは訊いた。

「被害者は一時間まえになって電話してきたの」ムーアは言った。「お役御免だと思ってたのに」

「つまり、被害女性は昨晩レイプされ、ようやくいまになって通報してきたということ？」

「そのとおり。彼女は何時間も浴槽に座っていたんだって。で、彼女はレイプ処置センター《TC》に連れていかれた……。あなたに対処してもらえないかな、レネイ？　つまり、いまの交通事情やなにやかやだとここから戻るのに二時間以上はかかりそうなの」

「リサ、わたしたちは週末ずっと待機勤務《オンコール》なんだよ」

「わかってる、わかってるって。最後に話してから、あたしはお役御免だと思っただけ。引き返すよ。あなたに頼んだのは、クールじゃなかった」

　バラードは回れ右して自分の車に向かった。ムーアからの依頼は大きなものだった。たんにこれが厳密に言うとムーアの事件であるというだけではなかった。RTCにいくたびに心に傷痕が残るのをバラードは知っていた。RTCから出てくる話に気分を高揚させるものはない。バラードはディフェンダーのドアをあけ、ナップザックを戻した。

「わたしが対応するわ」バラードは言った。「だけど、どこかの時点でダッシュが状況確認をしてくるだろうし、あなたに電話をするかもしれないよ。あなたが性犯罪課の人間なんだから。わたしじゃない」

「わかってる、わかってる」ムーアは言った。「ダッシュに連絡して、通報を受け取ったことと、被害者と話をしたあとであたしたちのどちらかが状況を連絡することを伝えようって考えていたの。もしあなたが警部補に連絡してくれるなら、それであたしの立場をカバーできるはず。で、もしあしたあたしが必要なら、それまでに戻るわ」

「好きにすればいい。わたしはただあなたをかばうことで困った状況に陥りたくないだけ」

「そんなことにはならないよ。あなたって最高。状況を確認するため、あとで電話する」

「わかった」

ふたりは電話を切った。バラードは腹を立てていた。ムーアの職業倫理の欠如による腹立ちではなかった。パンデミックおよび警察への反感が広がった一年が過ぎ、ときにこの仕事への責任感を見いだすことが難しくなっていた。なぜわれわれがケアしなければならないのだろう病が市警全体に蔓延《まんえん》していた。バラードを怒らせていたのは、自宅で夜を過ごす計画を中断させられたからだった。イタリア料理店の〈リトル・ドムズ〉に宅配を注文し、アルバート・リー殺害事件の時系列記録を掘り下げ、ハビエル・ラファ殺害事件との結びつきをさぐるということができなくなった。あらたなミッドナイト・メン事件を抱えたいま、あすの朝イチにロビンスン＝レノルズ警部補が、ラファ事件の捜査をウェスト方面隊に委ねさせるのは確実だった。

「クソ」ディフェンダーを発進させながら、バラードは毒づいた。

RTCはサンタモニカにあるUCLAメディカル・センターの付属施設だった。バラードは事件で何度もここを訪れたことがあった。自分自身がレイプされたかどうかの有無を調べるために訪れたときを含め。職員の大半とはファーストネームで呼び合うレベルで知り合いだった――そこで働いているのは全員女性だった。バラードは標示プレートのないドアを通り、マッギーとブラックという昼勤のふたりの制服警官――ふたりとも男性だ――が、待合室に立っているのを目にした。

「やあ、どうも、ここからわたしが引き受けるわ」バラードは言った。「通報はどういうふうに入ってきたの？」

「彼女が連絡してきた」ブラックが言った。「ガイシャが」

「一日じゅう考えたあげく、やっと自分はレイプされたんだと判断したんだぜ」マッギーが言った。「どんな証拠が残っていようと浴槽の排水管から流れていってしまった」

バラードは一瞬まじまじとマッギーを見つめ、そのような人でなし発言の背後にある感情を読み取ろうとした。

「まあ、それについてはこちらで調べる」ようやくバラードは言葉にした。

「ひとこと言っておくと、自分がレイプされたかどうかについて、被害者はなんの疑いも抱いていなかったと思うの、いい、マッギー？　彼女の逡巡《しゅんじゅん》は、被害者に気を遣わず、レイプを重大な犯罪だと考えていない警察と警察官に通報することへの懸念だった可能性が高い」

マッギーの頬が怒りのせいか、屈辱のせいか、あるいはその両方のせいか、赤く染まりはじめた。

「うろたえないで、マッギー」バラードは言った。「あなたの話をしているとは言ってないでしょ？」

「ああ、たわごとだ」マッギーは言った。

「好きに言いなさい」バラードは言った。「容疑者はふたりだったと被害者は言ったの？」

「言った」ブラックが答えた。「まずひとりが入って、それからもうひとりをなかに通した」

「事件発生時刻は？」バラードが訊いた。

「ちょうど午前零時だったそうだ」ブラックは言った。「年があけるまで起きていようとはしなかった、と彼女は言った。仕事から九時半ぐらいに帰ってきて、夕食を作り、シャワーを浴びて、ベッドに入ったそうだ」

「住所はどこ？」バラードは訊いた。

「デルに住んでいる」ブラックは言った。

ブラックは尻ポケットから職務質問カードを取りだし、バラードに手渡した。

「クソ」バラードは言った。

「なにが？」マッギーが訊いた。

「わたしは午前零時にカーウェンガ高架交差路《オーバーパス》の下で待機していたんだ」バラードは言った。「こいつらがすぐうしろの地区にいたときに」

デルはバラードとムーアが新年の一斉射撃に備えて待機していたオーバーパスから北に数ブロックいった丘の斜面に造られた住宅地区だった。職務質問カードを見て、バラードは被害者のシンシア・カーペンターがディープ・デル・テラスに住んでいるのを確認した。丘をほぼ上りきり、マルホランド・ダムに達する手前の住所だった。

バラードは、あなたが入手した情報はこれだけ、と訊ねるかのようにカードを掲げた。

「きょうじゅうにＩＲを書くんだよね？」バラードは訊いた。

「ここから出たら早速」ブラックは言った。

バラードはうなずいた。捜査の出発点として事件報告書《インシデント・レポート》は必要だった。

「さて、ここからは任せて」バラードは言った。「ハリウッド分署に戻ってかまわない。報告書を書き上げて」

「あんたは地獄へいってかまわないぞ、バラード」マッギーが言った。

マッギーは動こうとしなかった。ブラックはマッギーの腕を掴み、ドアのほうへ引っ張った。

「いくぞ、相棒」ブラックは言った。「放《ほ》っとけ」

バラードはマッギーがどのようにふるまおうとするのか確かめようと待った。押し黙ったままの緊張の瞬間があったが、やがてマッギーは背を向け、パートナーのあとを追って、駐車場に出ていった。

バラードは吐息をつくと、受付デスクのほうを向いた。受付担当の看護師であるサンドラは、いまのやりとりを耳にしていたので、バラードに向かってほほ笑んだ。

「あなたが正しいよ、レネイ」サンドラは言った。「あなたの被害者はマーサといっしょに三号室にいる。あなたが廊下にいることをわたしがマーサに伝えるわ」

「ありがとう」バラードは言った。

バラードは受付デスクのうしろにまわり、短い廊下を進んだ。そこには四つの診察室に通じるドアが並んでいた。その四部屋に性的暴行の被害者が入っていたのをバラードは何度も経験していた。

廊下はパステルブルーで、幅木から生えた形の花の壁画が描かれており、恐怖が記録される場所に少しでも心の平安をもたらすようにという試みだった。一号室と三号室のあいだの壁には、心的外傷後ストレス治療法や護身術のクラスなど、さまざまな提供情報が貼られた掲示板があった。バラードは掲示板に貼られた一枚の名刺をじっと眺めた。ヘンリク・バスティンという名の引退したロス市警が銃器の取り扱いを指導するというものだった。ここで商売繁盛になるといい、と願っている自分にバラードは気づいた。

三号室のドアがひらき、マーサ・ファロン医師が出てきて、うしろ手にドアを閉めた。こういう状況にもかかわらず、ファロン医師はほほ笑みを浮かべた。

「やあ、レネイ」ファロンは言った。

「マーサ」バラードは応じた。「あなたには祝日がないんだね？」

「レイプ犯が祝日に休んでくれたら、わたしも休めるだろうね。ごめん、陳腐な言い草だったし、そんなつもりで言ったんじゃない」

「シンシアの様子は?」

「シンディと呼ばれるほうを好んでる。彼女は、えーっと、その、月の裏側にいるわ」

バラードはファロンがそのフレーズを以前にも口にしたのを聞いたことがあった。月の裏側は、シンディ・カーペンターが経験したのとおなじような経験をした人々の生きている場所だった。暗闇《ダーク・アワーズ》の数時間がそのあとやってくるすべての時間のあらゆることを変えてしまう場所だ。それを経験した人間だけが理解できる場所だった。人生はけっしておなじものにはならない。

「たぶん聞いているだろうけど――彼女は風呂に入った」ファロンが言った。「なにも手に入らなかった。そんなことはほんとどうでもいいんだけど」

その言葉の最後の部分は、DNA型やその他の証拠分析のため、鑑識班で開封されるのを待っているレイプ・キットの未処理分への言及だとバラードは受け取った。その事実だけでも、マッギー巡査は言うまでもなく、ロス市警や社会の半分が、性犯罪を重大犯罪のどこに位置づけているのかを表しているようだった。数年おきに、政治的怒りの声が上がり、レイプ事件の未処理分を処理するための予算が調達された。だが、やがて怒りが沈静化すると、処理はまた滞りはじめるのだった。けっして終わらないサイクルだった。

ファロンの報告はバラードには驚きではなかった。ミッドナイト・メン事件のほかの二件でもＤＮＡは採取されていなかった。未知の犯人たちは、自分たちの犯行を入念に計画し、実行していた。事件はたんに手口と、レイプ犯のタッグ・チームという珍しさによって結びつけられていた。あまりにまれなので、独自の略語すらできていたほどだ――ＭＯＳＡ、複数犯による性的暴行《マルチプル・オフェンダー・セクシャル・アソルト》と。

「診察は終わった？」バラードは訊いた。「彼女と話せる？」

「ええ、あなたがここに来ているのは、本人に伝えたわ」ファロンは言った。

「様子はどう？」

被害者の様子がよくないのをバラードは知っていた。彼女が訊いたのは、長年、何千人ものレイプ事件のサバイバーの処置をしてきたファロンにわかる範囲で、被害者の心的外傷のレベルをどう判断しているかということだった。見知らぬ人間によるレイプは、もっとも対処が難しいものだった。

「よくはない」ファロンは言った。「だけど、あなたは運がいい。なぜなら、現時点で被害者は腹を立てている。それは話をするのにいい時期よ。いったん考える時間がもっと出てきたら、さらに難しくなるでしょう。殻にこもってしまうと思う」

「わかった」バラードは言った。「なかに入る」

「帰宅用の服を取ってくるわ」ファロンは言った。「きっとあなたはここにやってきたときの服を持っていくでしょうから。すでに袋詰めされてるし」

ふたりの女性は反対方向に進んだ。バラードは三号室のドアのまえに移動したが、そこに立ち止まり、シンディ・カーペンターをＲＴＣに運んでいるあいだにブラック巡査が職務質問カードに記入した内容に目を通した。

カーペンターは二十九歳、離婚歴あり、ヒルハースト・アヴェニューにある〈ネイティヴ・ビーン〉コーヒーショップの店長だった。ふいにバラードは自分がこの被害者を知っているかもしれないと気づいた。そのコーヒーショップが自分のいま住んでいるロス・フェリズの近所にあったからだ。バラードが引っ越してきたのはほんの数カ月まえだったが、〈ネイティヴ・ビーン〉は仕事終わりの朝にコーヒーとときどきブルーベリー・マフィンをテイクアウトする行きつけの店になっていた。とりわけ、眠気を阻止し、大海原に向かいたいときには。

バラードはドアを軽くノックしてから、なかに入った。シンディ・カーペンターは診察台の上で上体を起こして座っており、まだガウン姿だった。彼女の着衣は、たとえ入浴後に着たものであったとしても、証拠として回収され、茶色い紙袋に入れられて診察室のカウンターに置かれていた。それは決まった手順であり、袋はファロン医師によって封がされていた。第二の証拠袋もあり、そのなかにカーペンターが襲われたとき着ていたナイトガウンに加えて、彼女のベッドのシーツとブランケットと枕カバーをブラックとマッギーは忘れずに入れていた。それは標準的な手続きだったが、パトロール警官に見過ごされることがよくあった。バラードはこの点について、マッギーとブラックに渋々高得点をつけざるをえなかった。カウンターには、ファロンが書いた事後服用経口避妊薬用の処方箋と、ＲＴＣ診察のあとで判明するＨＩＶと性病検査の結果にアクセスするための説明が記されたカードも置かれていた。

バラードはカーペンターにまさしく見覚えがあった。彼女は背が高く、ブロンドの髪を肩までの長さに伸ばしていた。〈ネイティヴ・ビーン〉のテイクアウト窓口越しにバラードは何度もカーペンターを見ていた。時には、直接カーペンター本人に注文したこともあった。カーペンターはバリスタというよりも、店舗の責任者であるのが明白だったのだが。バラードはパンデミックが過ぎ去って店のなかでの営業が再開し、なかに入ってテーブルに腰を落ち着ける日が来ることを心待ちにしていた。去年、もっとも残念に思っていることのひとつだった。

職務質問カードにも、ファロンに廊下で言われたことにも、カーペンターの身体的状態を推測させるものはなかった。カーペンターは、首を絞められたことによって両目のまわりに出血性の痣《あざ》ができており、下唇と左耳に嚙《か》まれたことで裂傷を負っていた。また、片方の眉に擦り傷があり、まえの事件から、目にテープで貼りつけられたマスクが乱暴に毟り取られたときにできたものであろう、とバラードは知っていた。最後に、レイヤードカットのブロンドの髪が襲撃者たちによって意図的に無造作な切断をされて、バランスを崩されていた。カーペンターから最後に聞かされるとバラードにわかっていた辱めの行動であり、暴行の不気味なとどめの一撃だった。レイプ犯たちは切り取った髪の毛を持ち去ったのだろう。

「シンディ、わたしの名前はレネイ」バラードはそう言って、くだけた言い方になるようにした。「わたしはロス市警ハリウッド分署の刑事なの。わたしがこの事件の捜査を担当します。申し訳ないけど、いくつかあなたに質問をしなければなりません」

診察室に取り残されて、カーペンターは泣いていた。彼女は片手にティッシュペーパーを持ち、反対の手に携帯電話を持っていた。バラードはカーペンターがだれに電話をかけていたのか、あるいはメールを打っていたのか知りたかったが、それはあとで対処できると思った。

「あなたたちに連絡しないでおきそうになった」カーペンターは言った。「だけど、そこで思ったの、万一、あいつらが戻ってきたら？　あたしはだれかに知ってもらいたかった」

バラードはうなずいて理解を示した。

「通報してくれてよかった」バラードは言った。「なぜなら、そいつらを捕まえるのにあなたの協力が必要になるから」

「だけど、協力できません」カーペンターは言った。「あいつらの顔も見なかったんだから。あいつらはマスクをかぶっていたの」

「まず、そこからはじめましょう。連中の手を見た？　体のほかの部分は？　彼らは白人だった、黒人だった、ラテン系だった？」

「ふたりとも白人だった。手首や体のほかの部分が見えたの」

「オーケイ、いいよ。マスクについて話して」

「スキー帽みたいだった。ひとりは緑で、もうひとりは青かった」

これはほかの二件の暴行と一致していた。三つの事件の結びつきは、仮説以上のものになった。確かめられたのだ。

「オーケイ、とても役に立つ情報だわ」バラードは言った。「そのスキー帽を目にしたのはいつ？」

「最後」カーペンターは言った。「あたしの目にかぶせていたマスクをはぎ取ったときに」

これは三件の暴行の異例な部分だった。ミッドナイト・メンは、被害者にかぶせるためにあらかじめこしらえたテープのマスクを持参し、暴行の最後になってはじめて外すのだった。そのマスクを証拠として残したくないと考えていることを示唆していた。だが、さらに重要なのは、彼らは女性たちに見られないようにマスクをかぶせたのではないという示唆だった。彼らがかぶっているスキー帽が正体をばれないようにしていた。つまり、被害者にほかのなにかを隠したいと考えていたことを意味していた。

「彼らについて、ほかになにか見たものはない？　それともスキー帽だけだった？」

「ひとりがシャツを着ようとしていた。腕に絆創膏《ばんそうこう》が見えた」

「どっちの男、緑それとも青？」

「緑」

「どんな絆創膏だった？　どんな形だった？」

「買うことができる最大の絆創膏みたいだったかな。四角かった。ここに」

カーペンターは自分の上腕の内側を指さした。

「それはタトゥを隠すためだったと思う？」

「わからない。ほんの一瞬、ほら、二分の一秒くらいしか見なかったの」

「オーケイ、シンディ、これは難しいことだとわかっているけど、やつらがあなたにしたことを順を追って話してほしいの。それからあなたの怪我の写真を撮影する必要がある。だけど、まず訊きたいのは、連中はあなたになにか言った？　どんなことでもいい。きのうの夜よりまえにあなたがだれなのか連中が知っていたことを意味するような話をした？」

「つまり、あれが偶然ではないということ？　いえ、あたしはあいつらのことを知らなかった。まったく」

「いえ、わたしが言おうとしているのは、連中があなたをどこかで見かけたと思うか、ということ。たとえば、コーヒーショップや、あなたが買い物をする店や、ほかのどこでもいい、あなたを獲物に定める判断をしたようなところ。あるいは、逆かもしれない。連中はあなたの住んでいる場所に狙いを定め、そのなかであなたを選んだのかも」

カーペンターは首を横に振った。

「あたしにはわからない」カーペンターは言った。「あいつらはそんなことは言わなかった。ただ、あたしを脅し、ひどい言葉をぶつけてきた。たとえば、おまえは自分がとてもクールで、とても偉いと思っているだろう、とか。あいつらは――」

どっと涙がこみあげてきて、カーペンターはティッシュペーパーを持ち上げるため、いったん黙った。バラードは手を伸ばし、相手の腕に触れた。

「こんなことをさせてしまって申し訳なく思っているわ」バラードは言った。

「あれを追体験しなきゃいけないようなものなの」カーペンターは言った。「わかってる。だけど、それがこいつらふたりの……男たちを捕まえるのに役立ってくれる。それにほかの女性たちを傷つけるのを止めさせるのに」

バラードはカーペンターが落ち着きを取り戻すのをしばらく待った。それから質問を再開した。

「事件が起こるまえのきのうの夜について話しましょう」バラードは言った。「あなたは新年の祝いをするため外出した？　それとも家にいた？」

「あたしは店が閉まる九時まで働いていたの」カーペンターは言った。

「〈ネイティヴ・ビーン〉のことね」

「ええ、あたしたちは〈ザ・ビーン〉と呼んでいる。うちの女性スタッフのひとりがコロナに感染して、勤務スケジュールがめちゃくちゃになってしまったの。あたしは一年の最後のシフトを働かなきゃならなかった」

「あなたのお店が好きよ。わたしは数ヵ月まえにフィンリーに引っ越してきて、あなたのお店でコーヒーをよく買っていたの。ブルーベリー・マフィンは、すばらしいわ。とにかく、九時に閉店して、家に帰ったのね？　それともどこかに立ち寄った？」

バラードはカーペンターがフランクリン・アヴェニューの〈ゲルスンズ〉スーパーマーケットに立ち寄ったというのだろうと推測した。そのスーパーはカーペンターの帰宅途中にあり、ほかの被害者のひとりも襲われた夜にそこに立ち寄っていた。

「まっすぐ帰宅した」カーペンターは言った。「夕食を作ったの――残ったテイクアウト品で」

「あなたはひとりで暮らしているの？」バラードは訊いた。

「ええ、離婚して以来」

「夕食のあと、なにをした？」

「シャワーを浴び、ベッドに向かっただけ。今朝、店をひらくことになっていたの」

「あなたがほとんどの朝、お店をあけているでしょ？　その時間帯にわたしはあなたを見かけたわ」

「それはあたしね。七時に開店しているの」

「あなたは普段は朝にシャワーを浴びているのかしら、出勤まえに？」

「実際は、いいえ、あたしはぎりぎりまで起きないのが普通で、それで——こんなことがなぜ重要なの？」

「なぜなら、現時点で、なにが重要なのか、われわれにはまるでわかっていないから」

カーペンターがシャワーを浴びたと言ったとき、〈ゲルスンズ〉との結びつきが得られなかったことによるバラードの失望が消えていた。まえの事件のふたりの被害者は、襲われた夜にベッドに入るまえにシャワーを浴びたと証言していた。ふたりの被害者がそう言っただけなら、偶然でありうる。だが、三人のうち三人ともであれば、ひとつのパターンになる。バラードは自分の勘が働きはじめるのを感じた。なにか取り組むべきものを掴んだかもしれない、と思った。

10

シンディ・カーペンターは外傷にさらなる医療措置を施されるのを拒否した。いまはただ自宅に帰りたい、と彼女はバラードに言った。レイプ処置センター《RTC》からデルまでは車でかなりの距離があり、バラードはそれを利用して、話をもう一度聞き返した。そのころにはカーペンターは疲れ切って、くたくただったが、レイプ犯たちにやらされたこと、聞こえてきたこと、目にテープで貼られたマスクがゆるみはじめたときになんとかして目にしたものなど、屈辱的な詳細を漏らさずに再び話してくれた。ＲＴＣでの最初の話と車のなかでの二度目の話で、カーペンターはおなじ話をしたが、いくつかの細部を付け足したり、引いたりしながらも、話しているどの箇所でも矛盾したことは言わなかった。それはいいことだ、とバラードはわかっていた。すなわち、カーペンターは捜査の観点から、また、立件されることがあるなら、裁判でもいい証人になるだろうということだった。

バラードはカーペンターを褒め、その理由を説明した。カーペンターに協力してもらいつづけることが重要だった。事件の被害者は、精神的な恢復《かいふく》と司法制度への信頼を天秤《てんびん》にかけはじめると、消極的になることが多かった。

バラードは意図的にどちらの聞き取りでも録音をしなかった。暴行後の数時間でおこなわれた録音は、刑事弁護士の手にかかると黄金になりうる。彼女は――そう、賢いレイプ犯は陪審員の物の見方に影響を与えるため女性の弁護士を雇うことが往々にしてある――法廷での証言と、最初の証言との食い違いを利用して、陪審員を乗せていく合理的な疑いと呼ばれるバスが通れるくらい広い穴を事件にあけることができる。バラードは現在の事件の解決をはかると同時につねに先の動きを考えねばならなかった。

カーペンターは自分への暴行とそれに先立つ二件の事件とを疑いの余地なく結びつける数多くの詳細を提供してくれていた。それらのなかで最上位にあるのは、襲撃の時間と、女性たちがこうむった性的暴行の具体的な内容、レイプ犯たちが証拠を残さないようにとった対策だった。その対策に含まれるのは、手袋の着用とコンドームの使用、そして特筆すべき点はダストバスターを持参していたことだった。容疑者たちは、出ていくまえに被害者の体と家のなかに掃除機をかけていた。

車のなかでのシンディの話であらたな詳細が二点浮かび上がった。ひとつは、ミスター・グリーン——緑のスキー帽をかぶっていた容疑者をそう呼ぶことにした——は赤毛の陰毛をしており、ミスター・ブルーは、黒に近い陰毛をしていたということだ。彼らの体毛が頭髪と一致していると仮定して、バラードは、ふたりの犯人の身体的な特徴の一部を摑んだ。まえのふたりの被害者はなにも見ていなかった。目にかぶせられたテープが一度もゆるまなかったからだ。三人の被害者全員が、レイプ犯に触れられた感触から彼らが手袋をしていたと証言する一方、カーペンターは、テープがゆるんだときにふたりの手を見、彼らがはめていたのは使い捨ての黒いラテックス製手袋だったと、ドライブ中に明らかにした。そのような手袋はどこでも入手可能だとバラードは知っていた。有罪の強力な証拠にはならないだろうが、もし容疑者の身元が明らかになった際に重要なものになりうる多くの詳細のひとつだった。

三つの事件を結びつけるもうひとつの証拠は、犯行手口の一部だった。車のなかでの質問で、バラードは、ふたりの男の話し方と、彼らがカーペンターに与えた指示に焦点を合わせた。バラードは具体的な例を挙げてカーペンターを促しはしなかった。そんなことをすれば、結びつきの誤った確認につながりかねないからだ。バラードはカーペンターに、自分が言われたことを思いだしてみてほしいと、より一般的な形で訊ねざるをえなかったが、この若い女性は鍵になる結びつきを口にした。

「最後に、あいつらが出ていくまえに、ひとりが——ミスター・ブルーだったと思う——言ったの、『おまえは大丈夫だぜ、ドール。いつかこのことを振り返って、笑顔になるだろう』と。そう言ってから、そいつは笑い声を上げて、ふたりはいなくなった」

バラードはこういうのを待っていた。最後に口先だけの謝罪。ほかのふたりの被害者もおなじことを証言していた。被害者を〝人形《ドール》〟と呼ぶ、古くさい独特の言葉にいたるまで。

「そいつがそう言ったのは確か？　あなたを〝ドール〟と呼んだの？」

「確かよ。いままでだれにもそんな呼ばれ方をしたことがない。まるで一九八〇年代かなにかのようだった」

バラードもおなじように感じたが、それは、ゆるんだテープの隙間から見えた襲撃者の体に基づいて、彼らが二十代後半か三十代前半だというカーペンターの見積もりと反していた。

カーペンターがディープ・デル・テラスで住んでいる小さな平屋のまえに到着したとき、日が落ちるまでまだ一時間かそこらあった。バラードは、侵入箇所を見つけられるか確かめ、この場所の徹底した鑑識調査を要請する価値があるかどうかを判断するため、家を調べたかった。また、陽の光があるうちに近所を歩き、深夜になってから戻ってきて、街灯の状態と、丘の斜面の住宅地に住むほかの住民の警戒心を確認したいと考えていた。

いったん室内に入ると、バラードはリビングのカウチにカーペンターに座ってもらい、その間に自分は家のなかをざっと調べてみたい、と言った。

「あいつらは戻ってくると思う？」カーペンターは訊いた。

彼女の声は恐怖で強《こわ》ばっていた。

「そんなことにはならない」バラードはすぐに言った。「あのパトロール警官たちが見過ごしたかもしれないものがあるかどうか調べてみたいの。それに悪党どもが侵入した方法を突き止めたい。あけっぱなしにしたり、鍵をかけていなかったりしていないのは、確か？」

「確かよ。ドアの施錠に関して、あたしは強迫神経症なの。毎晩確認している。ドアから出ていないとわかっていても確認しているくらい」

「わかった、二、三分待っていて」

バラードはひとりで家のなかを動きまわりはじめた。ポケットからラテックスの手袋を取りだしてはめながら。キッチンにはドアがあり、家に付属している車一台分の車庫に直結しているだろう、とバラードは推測した。ドアノブには単純な押しボタン式の錠があり、安全錠はなかった。現状、そのドアは施錠されていなかった。

「キッチンのこのドアは車庫に通じているの？」バラードは呼びかけた。

「ええ」カーペンターは返事をした。「どうして？」

「施錠されていない。あなたがそうしたの？」

「そうじゃないと思う。だけど、ゴミ箱が車庫にあり、車庫はつねに錠がかかっているので、かけ忘れたかもしれない」

「つまり、閉まっていたということ？　それとも閉まっているうえに錠がかかっていたということ？」

「えーっと、車庫の扉が閉まっているうえに錠がかかっていた。リモコンがないと外側からはあけられないの」

「外側に車庫に入るためのドアはあるの？　押し上げ式スライドドア《オーバーヘッドドア》以外に？」

「いえ。オーバーヘッドドアだけ」

バラードは手袋をしていても、鑑識が調べるまで、車庫に通じるドアをあけないことにした。侵入路である可能性があった。また、最初の通報があった際、家を調べる最中にマッギーあるいはブラックのどちらかがこのドアをあけた可能性も考慮せざるをえなかった。ふたりに訊ねることはできるが、どちらもそんな不手際を認めないだろうとわかっていた。もしふたりのどちらかがノブに指紋を残していたなら、そのときはじめて彼らがドアをあけたかどうか確実にわかるだろう。

バラードは外側から入って車庫を最後に見ようと判断した。廊下を進むと、ふたつの寝室とバスルームに通じていた。まずバスルームを調べたが、浴槽の上の小窓には侵入の痕跡は見当たらなかった。

主寝室に入る。そこで暴行が発生していた。そこには窓がひとつあったが、長年塗り重ねられたペンキで塞がれていた。バラードはベッドを見た。カーペンターは、男たちのひとりに上に乗られ、目と口をテープで塞がれるまで侵入には気づかなかった、と証言した。そののち、男は彼女の両手をベッドの真鍮製ヘッドボードの手すりにくくりつけた。動いたり音を立てたりするな、と男に言われ、それからカーペンターの耳には、男が部屋を出ていき、相棒のために玄関ドアをあける音が聞こえたという。

バラードは膝をつき、ベッドの下を覗《のぞ》いた。数冊の本がある以外、なにもなかった。本を引っ張りだしてみたところ、いずれも女性作家の書いたものであるのがわかった——アラフェア・バーク、ステフ・チャ、アイヴィ・ポコーダ。バラードは本をベッドの下に押し戻して立ち上がった。もう一度室内に目を走らせたが、なにも目立つものはなかった。廊下に戻り、二番めの寝室を調べた。そこはきちんと片づいており、簡素だった。どうやら来客用の寝室のようだった。クローゼットのドアが十センチほどあいていた。

バラードはノブに触れないようにしてクローゼットのドアを最大限にひらいた。スペースの半分は、〈ネイティヴ・ビーン〉備品と印《しる》された段ボール箱が積み重ねられて埋まっていた。残り半分はあいており、来客の使用スペースになっているようだ。バラードはふたたび膝をついて、カーペット張りの床を調べようとした。カーペットにはなにも見えなかったが、生地の目に明白なパターンがあり、最近掃除機をかけられたことを示していた。膝をついたままの姿勢で、バラードは踵《かかと》に体重をかけて背をそらし、シンディにここに来るよう呼びかけた。

シンディはすぐにやってきた。

「なんなの？」

「あなたは小型掃除機や普通の掃除機を持っていないと言ったよね？」

「持ってない、どうして？」

「このクローゼットには掃除機がかけられている。たぶん、ここに犯人が隠れていたのね」

シンディは入念に掃除機がかけられたカーペットをまじまじと見おろした。

「あたしたちがここにカーペットを敷いたのは、まえのオーナーがペンキ缶を置いていて、一部が床にこぼれていたからなの。この下はひどいことになってる」

「あ、あ、あたしたち？」

「夫とあたし。ふたりでこの家を買い、離婚してから、あたしがここを持っているの」

「クローゼットのドアだけど——あなたがあけっぱなしにしていたの？　たとえば、ここの空気を循環させるかなにかのために？」

「いいえ、ずっと閉めたままにしていたわ」

「コーヒーショップに備品を最後に運びだしたあとで、クローゼットのドアを閉めたのは確かかしら？」

「確かよ」

「オーケイ。あのね、こう言うと申し訳ないし、あなたが放っておかれたいと思っているのはわかっているけど、わたしは鑑識の人間にここに来てもらい、クローゼットと、たぶんこの家のほかの箇所も調べさせたいの」

カーペンターは悄然《しょうぜん》とした表情を浮かべた。

「いつ？」彼女は訊いた。

「いますぐ連絡する」バラードは言った。「できるだけ早く済ませるようにするわ。ズカズカと入りこむようなものだとわかっているけど、専門家を呼んで、隅々まで調べさせたいの。あなたもおなじ気持ちだと思う」

「わかった、そうね。あなたはここにいてくれる？」

「鑑識がすぐ来られるなら、わたしは残っている。だけど、あと数時間で、わたしの次の勤務がはじまるの。分署に顔を出さなきゃならない」

「じゃあ、すぐに来させて、お願い」

「そうする。えーっと、さきほど別れたご主人の話をしたでしょ。彼はまだLAにいるの？　彼との関係はいまどんなもの？」

「あの人はこの地にいて、あたしたちは問題ない。なぜなら、会っていないから。彼はヴェニスに住んでいる」

だが、そう話すカーペンターの口ぶりには明白な緊張感がうかがえた。

「彼はなにをしている人？」バラードは訊いた。

「テクノロジー業界の人間」カーペンターは言った。「新規事業の立ち上げの仕事をしている。投資家をさがしているの」

バラードは立ち上がった。バランスを取るために一歩踏みださねばならなかった。睡眠不足がたたっているのだとわかった。

「大丈夫？」カーペンターが訊いた。

「大丈夫――寝不足なだけ」バラードは言った。「あなたがこの家を手に入れたことで、別れたご主人はどんな様子だったの？」

「あの人は大丈夫。どうして？　つまり、あの人はそれを気に入っていなかったけど……。それがなんの関係があるの？」

「わたしはたんにたくさんの質問をしなければならないだけなの、シンディ、それだけ。たいしたことじゃない。彼はあなたがメールを送っていた人？」

「なに？」

「きょうわたしが診察室に入ったとき、あなたはメールを打っていたか、電話をかけていた様子だった」

「いえ、あたしは店のレーシーにメールを書いて、あたしが戻るまで店を切り盛りしてもらわなきゃならない、と伝えていたの」

「なにがあったのか彼女に伝えたの？」

「いえ、嘘をついた。事故に遭ったんだ、と伝えた」

カーペンターは自分の顔の負傷を指さした。

「これの説明方法を捻《ひね》りださないと」彼女は言った。

それを聞いて、バラードは口をつぐんだ。なぜなら、カーペンターが他人に伝えた話は、この事件が裁判になることがあれば、ひとまわりして付きまとってくる可能性がある、とわかっていたからだ。どれほどばかげたことであろうと、セックスは合意の上だったという弁護側の主張が陪審員の心を摑むかもしれなかった。被害者の友人とされる女性が、被害者が襲われたと言ったことが一度もないと証言したならば。それはありえない可能性だったが、どこかの時点でカーペンターにそのことを教えておく必要がある、とバラードにはわかっていた。だが、いまはそのときではなかった。

「で、あなたはこの件を別れたご主人に話すつもり？」バラードは訊いた。「なにがあったのかを」

「いえ、たぶん話さない。あの人には関係ないことだもの。とにかく、いまはそのことを考えたくない」

「わかる。では、鑑識に連絡して、来させることができるかどうか確かめる。もし気にしないなら、リビングにいてもらうことになる。鑑識にはあなたの寝室を調べさせたいの」

「読むための本を取りにいっていい？　ベッドの下に置いてある」

「ええ、問題ない。ほかのものには触らないよう気をつけて」

カーペンターは部屋を出ていき、バラードはしゃがみこんで、クローゼットのカーペットの写真を撮った。掃除機をかけたあとの模様がその写真で見分けがつくよう期待しながら。それから鑑識に連絡し、到着時刻が一時間後である、と聞いた。

リビングに戻るとバラードは、まもなく鑑識チームがこの家に来る、とカーペンターに伝えた。それから、車庫のオーバーヘッドドアをあけるためのリモコンが家のなかにあるのかどうか訊いた。キッチンから車庫に出ていくドアのノブに触りたくないのだ、と説明する。たとえ手袋をした手でも、触れば指紋の証拠を台無しにしかねなかった。

「あたしは車庫を倉庫として使っていて、車は家のまえか私設車道《ドライブウェイ》に停めているの」

カーペンターは言った。「なので、車庫の扉をあけるリモコンは車に置いてあって、車庫の内側の壁のキッチンに通じるドアの横にボタンがある」

「オーケイ」バラードは言った。「いっしょに外に出て車のところまでいって、リモコンを使える？」

ふたりで家の外に出ると、カーペンターが車のロックを外すリモコンを使った。パーキング・ライトが点滅したが、バラードの耳には、ロックが外れる明確なスナップ音が聞こえなかった。

「あなたの車はロックされていた？」バラードは訊いた。「わたしには――」

「ええ、きのうの夜、ロックしたわ」カーペンターが言った。

「ロックが外れる音が聞こえなかったんだけど」

「でも、いつもロックしてる」

バラードはその車にロックがかかっているかどうか最初に確認しなかった自分に腹を立てた。もう確実なことはけっしてわからないだろう。

「助手席側から入るわ」バラードは言った。「運転席側のドアのハンドルには触りたくない。車庫のリモコンはどこにあるの？」

「バイザーにはさんでいる」カーペンターは言った。「運転席側の」

バラードはドアをあけ、車のなかに身を乗りだした。ポケットから自分のキー・セットを抜きとり、マンションの鍵の先端を使って、車庫のリモコンのボタンを押した。そののち車から出て、車庫の扉がひらくのを眺めた。開閉装置のスプリングがやかましい引《ひ》っ掻《か》くような音を立てる。

「いつもあんな音を立てるの？」バラードは訊いた。

「ええ、オイルを差したりなにかしないといけないの」カーペンターは言った。「以前は夫がそういうことに対処していたのだけど」

「あの扉があくとき、家のなかでも聞こえる？」

「元夫がここに住んでいたときは聞こえたわ」

「寝室にいたらあの音で目を覚ますと思う？」

「ええ。地震が起こったみたいに家全体が揺れるのよ。あれがあいつらの侵入した――」

「まだわからないわ、シンディ」

ふたりは扉があいた車庫の入り口に立っていた。カーペンターの言うとおりだった。車を入れられるようなスペースがなかった。車一台分の区画は、箱類や自転車やその他の荷物でいっぱいになっていた。普通ゴミとリサイクルゴミ、庭ゴミ用の三つの容器もあった。カーペンターは、〈ネイティヴ・ビーン〉の備品を車庫にもおなじように保管しているようだった。透明なビニール袋に入っているコップやスナップ式の蓋を積み重ねたものに加え、さまざまな甘味料を入れた大きな箱があった。バラードはキッチンに通じているドアのところに近づいた。側柱の左側の壁に車庫の扉を操作するボタンがあるのに注目した。

バラードは腰をかがめて、ドアノブの鍵穴を見たが、いじられた形跡は見当たらなかった。

「やっぱりこのドアが施錠されていたかどうか、確かなことはわからない」バラードは言った。

「ええ、でも、たいていの場合、施錠されていたの」カーペンターは言った。「それにさっき言ったように、車庫が閉まっていたのは絶対に確か」

バラードはうなずくだけだった。自分のいまの見立てをカーペンターには話さなかった。すなわち、カーペンターが仕事から帰宅するまえにレイプ犯のひとりが家に侵入し、彼女がシャワーを浴びてからベッドに入るまで来客用寝室のクローゼットに隠れていたのだという見立てだった。男はそれから動きだし、カーペンターを動けなくし、口と目にテープをかぶせ、もうひとりのレイプ犯を家のなかに引き入れた。

キッチンのドアの右側にある作業台にはコーヒーショップから持ってきたとバラードが推測する道具が所狭しと並んでいた。蓋があいている工具箱があり、いちばん上のトレイには工具類が無造作に積まれていた。作業台には一本のねじ回しが独立して置かれているのが見えた。あたかも工具箱から取りだされて、そこに置かれていたかのように。レイプ犯たちは自前の工具類を持ってきて侵入するのに用いたのか、独り暮らしの女性が住んでいる家の車庫でなにか見つかることに賭けていたのか、どちらだろう、とバラードは思った。

「このねじ回しはあなたの？」バラードは訊いた。

カーペンターは近づいてきて、ねじ回しを見た。手を伸ばし、それを持ち上げようとする。

「だめ、触らないで」バラードは言った。

「ごめんなさい」カーペンターは謝った。「そうかもしれない。はっきりとはわからない。こういうもの、工具類はみんな、レジーが置いていったものなの」

「あなたの別れたご主人」

「ええ。これを使ってなかに入ったと思うの？　だとしたら、どうやって車庫に侵入したのかしら？」

カーペンターが上ずった声で言った。

「どちらの質問に対する答えもわからない」バラードは言った。「鑑識チームが見つけるものに期待しましょう」

　バラードは携帯電話を確認してから、鑑識チームがあと四十五分で到着すると言った。画面を見ていると、電話がかかってきた。ハリー・ボッシュからだった。

「この電話に出ないと」バラードはシンディに言った。「いまはリビングに戻ってもらえるかな」

　バラードは車庫から表の通りに歩を進め、電話に出た。だが、すぐに振り返り、カーペンターがキッチンのドアノブに触るのを止めさせた。

「シンディ、だめ」バラードは呼びかけた。「ごめんなさい。でも、こっちへ出てきて、玄関ドアからなかに入ってくれる？」

　カーペンターは指示どおりに行動し、バラードは電話に戻った。

「ハリー、どうも」

「レネイ、取りこみ中のようだな。どんな具合か確認しようとしただけだ。時系列記録からなにか役立つものは見つかっただろうか？」

　バラードは、ボッシュがなんの事件のなんの時系列記録の話をしているのか思いだすのに少しかかった。

「あー、いいえ」バラードは言った。「ちょっと横にそれているの。ある事件で呼びだされて」

「別の殺人事件か？」

「いえ、うちで追っている連続レイプ犯たちの事件」

「犯人は複数なのか？　複数犯による性的暴行《MOSA》か？」

「ええ、不気味ね」バラードは言った。「タッグ・チームなの。昨晩、三番めの被害者が出たんだけど、わたしがあなたの家にいったあとで被害者から通報があったんだ」

沈黙が下りた。

「ハリー、聞いてる？」

「ああ、考え事をしてたんだ。タッグ・チームか。きわめてまれなケースだ。MOSAはたいていギャングによるレイプだ。おなじ性癖を持つふたりの人間というものじゃなく」

「ええ。それで、その件で午後はずっと走り回っていたの。われわれはそいつらのことをミッドナイト・メンと呼んでいる」

「そんなふたりの男を捕まえたら……つまり、おなじように考えている連中を……」

ボッシュは黙りこんだ。

「ええ、それがなに？」バラードは訊いた。

「一足す一は単純に二にならないんだ、わかるかい？」ボッシュは言った。「連中はおたがいに餌を与えあうんだ。一足す一が三になり……連中はエスカレートし、さらに暴力的になる。最終的にはレイプでは物足りなくなる。連中は殺すようになる。いまそいつらを捕まえなきゃならないぞ、レネイ」

「わかってる。そんなことをわたしがわかっていないとでも？」

「すまん。きみは熟知しているとわかってる。そういうことなら、きみが読むべき本がこの家のどこかにあるんだ」

「どんな本？」

「昔のヒルサイド絞殺犯事件を扱った本だ。ボブ・グローガン——強盗殺人課の伝説の刑事だ。だが、その事件では、絞殺犯はふたりいたのが判明した。ひとりじゃなかった。グローガンはふたりを逮捕した。その件を扱った本なんだ。この家のどこかに置いてある。書名は『似たもの同士』だった」

「まあ、その本が見つかったら、教えて。そっちへいって、受け取るわ。ひょっとしたら、こちらの事件のふたりのキモいやつらを理解するのに役立つかもしれない」

「では、きみがそのレイプ事件で走り回っているなら、もうひとつの事件でおれが少し手伝うというのはどうだろう？　昨晩の射殺事件の」

「わたしの手のなかから飛んでいきそうな気がしている。いま三つのレイプ事件がつながったの。上はわたしにこの事件を任せ、殺人事件のほうはウェスト方面隊に蹴り飛ばすつもりでいる」

「じゃあ、それまでおれが調べられる。だけど、きみが手に入れているものを見る必要がある」

バラードは一瞬黙って、考えこんだ。生きた事件に部外者を巻きこむのは――たとえハリー・ボッシュのように経験がある人間だとしても――バラードの立場を危うくする危険があった。とりわけ、昨年、世間を騒がせた殺人事件でボッシュが刑事弁護士のミッキー・ハラーに協力したあとでは。市警幹部のだれもそれを承認しないだろう。市警じゅうのだれも承認しないだろう。

背信行為と見なされるに決まっている。

「どう思う？」ボッシュが返事を促してきた。

「その本を見つけてくれたら、それと引き換えにできるかもしれないけど」バラードは言った。「だけど、わたしにとって、それは危険なの――市警的には」

「わかってる。考えてみてくれ。じゃあ、また」

11

　鑑識チームが姿を現すのを待っているあいだ、バラードは近所を歩きまわり、最初の二件と今回の暴行をわけているものはなにかと考えはじめた。おなじ犯人だということに疑いはなかった。あまりにも多くの類似点があった。だが、この最新の発生事件を独自のものにしていることもいくつかあった。

　バラードは歩きながら頭のなかでそうしたことを並べはじめた。もっとも大きな違いは、地理的な条件だ。最初の二件は、碁盤の目になった住宅地のアパートで発生した。まずい事態に陥った場合、レイプ犯には複数の脱出ルートがあった。ディープ・デル・テラスの場合はそうではない。そこの道は、袋小路《ふくろこうじ》につながっていた。しかも、曲がりくねった狭い山道であり、最終的には上にいくにも下にいくにも二、三通りの方法しかなかった。山を越えていくルートはなかった。それは重要な相違点だった。この地区で被害者を選ぶのはリスクがかなり高かった。レイプ犯にとってまずい事態になり、救助を求める通報がなされた場合、脱出ルートは対応した警察に容易に封じられるだろう。バラードは頭のなかでそのパターンの違いをマークすると同時に、犯行パターンが進化していることも認めた。最初の二件のレイプの成功がレイプ犯たちを大胆にした可能性があり、彼らをよりリスクの高い猟場に導いたのかもしれない。

最初の二件と明確に異なっているふたつめの点は、地形だった。バラードは、リサ・ムーア同様、暴行が慎重に計画されたうえでおこなわれたという見立てに従って捜査していた。いったん被害者が標的になると、レイプ犯たちは被害者の日課を監視し、侵入と暴行の準備を整える。これは外部から被害者の居住する地区へ入ってきた可能性が高いことを意味していた。まえの事件の被害者は、それぞれ東西の目抜き通りから数ブロック離れたところに住んでいた——最初の事件の場合は、メルローズ・アヴェニューで、二番めの事件の場合は、サンセット大通りがその目抜き通りだった。レイプ犯たちは、被害者の住む地域にふらっと入ってきて、こっそり動きまわり、被害者と住居と当該地域での日課を調べ上げた、という見立てだった。それゆえ、碁盤の目の平らな地域のほうが、獲物に容易にアクセスでき、犯行後の脱出も容易だった。だが、バラードはディープ・デル・テラスを歩いてみて、その手の準備と脱出戦略は、仮に不可能でないにせよ、ここでは難しいということがすぐに明らかになった。シンディ・カーペンターの自宅の裏にアクセスするのは、急な山肌によって厳しく制限されていた。丘を登っていく次の道路に並ぶ山肌を背にした家々は、ほぼ剝《む》きだしの岩に梁《はり》を載せている片持ち梁の家だった。ここでは家のあいだや裏を動きまわれるスペースはなかった。これらの家にフェンスや門は不要だった――自然の地形がセキュリティをもたらしていた。

これらのことをすべて考え合わせ、バラードは自分たちが間違った方向を見ていたことに気づいた。往来の激しい商業街路から外れたところにある住宅地に入りこんで、家のあいだや裏を動きまわり、窓を覗いて、その場で襲撃するか、あとで戻って襲撃できるような獲物を見つけた放浪者や窃視者のペアをバラードたちはさがしていたのだ。この見立てでは、被害者たちの事情聴取と、彼女たちの直近の日々での習慣や行動を限定的に交差照合したところ、ふたりの女性をつなぐ結びつきが見つからなかったことで裏付けられた。彼女たちはなんら重なることのない異なる円のなかで動いていたのだ。

あらゆる点から考えて、第三の事件はそれらすべてを変えた。三番めの事件は、被害者がどこかほかのところで獲物として標的になり、自宅まで尾行されたことを示唆していた。これは捜査に関していろいろなことを変化させ、バラードはあさっての方向を見ていて時間を浪費した自分を心のなかで叱責した。

携帯電話に電子メールが届いたアラート音がし、そのアプリをひらいたところ、ブラック巡査が事件報告書の写しを送ってきたのがわかった。バラードはそれをひらき、小さな画面で二ページの報告書に目を通した。新しい情報として際立つものはなにもなかった。アプリを閉じようとしたとき、音を立てない車がすぐそばを通り過ぎて、バラードを驚かせた。振り返ると、それが鑑識チームが使用しているBMW電気自動車の一台であるとわかった。

ロス市警は、刑事用車両として、それらの車両を大量に購入したのだが、一回の充電での走行可能距離が約百キロであり、刑事たちが事件の勢いに乗って移動する際にはそれ以上遠くにいく必要があり、使い勝手が悪かった。宣伝されていた走行可能距離は、フリーウェイを走る場合に極端に短くなり、LAでの捜査をおこなうのに、フリーウェイを走らないことはまずなかった。バッテリー切れで立ち往生になった刑事たちの話があとを絶たず、電気自動車は引き上げられ、一年以上にわたって市の駐車場の屋上に置きっぱなしになったのち、再配備された。今回は、鑑識班や視聴覚捜査部門のようなひとつの目的地である事件現場にいって、母艦に帰還する移動をおこなう部門にまわされた。

　バラードがシンディ・カーペンターの家に戻りはじめたとき、ＢＭＷから降りてきた鑑識技官と会った。彼は後部ハッチをポンッとあけていた。

「ハリウッド分署のバラードよ」バラードは言った。「わたしが連絡したの」

「リノだ」技官は言った。「怖がらせてすまない。こいつは恐ろしく静かなんだ。走ってるこっちを見ずに目のまえを人が歩いているなんて経験が何度もある」

「まあ、もう少し速度を落としてくれたら、そんなことは起こらないと思うけど」

「こいつはひどくスピードが出るのを知ってるかい？　アクセルに軽く触れただけで時速七十キロ近く出るんだ。とにかく、ここでなにをすればいいのかな？」

　リノは後部ハッチを閉め、用意を整えて立ち上がった。片手で大きな機材ケースの取っ手を持ち、その重さのせいで肩がまえのめりになっていた。ダークブルーのつなぎ服を着た、小柄な男性だった。科学捜査課《ＳＩＤ》の文字が胸ポケットに白く刺繍《ししゅう》されていた。

「昨晩、ふたりの容疑者による自宅侵入レイプ事件が起こった」バラードは言った。「侵入地点は見つけられていないけど、車庫だと思う。そこからはじめてほしい。作業台に一本のねじ回しが載っている――ひょっとしたら運がよければそれに指紋が見つかるかもしれない。そのあと、あなたに調べてほしいクローゼットが来客用寝室にある」

「わかった」リノは言った。「被害者は病院かい？」

「いいえ、念入りな治療を拒んだの。いま家のなかにいるわ」

「うへ」

「あなたが来ることを彼女は知っているし、わたしがいっしょにいる。だけど、車も調べてほしい」

バラードはリノの車のうしろの道路に駐車しているトヨタを指さした。

「あれは車庫に入っていたのかい？」リノが訊いた。

「いいえ、でも、被害者は車のなかにリモコンを置いていたの。犯人たちはその車に忍びこんでから、車庫に侵入して家のなかに入ったんだとわたしは考えている。キッチンに通じているドアは単純な押しボタン式の錠しか付いていない」

「その車はロックされていたのかい？」

「確かなことはわからない。されていた可能性はある。リモコンはバイザーのなかにある」

「わかった」

「すばやくやってもらえる？　被害者はとてもひどい一日を過ごしたの」

「そのようだな。急いで済ませるよ」

「じゃあ、車をあけるためのキーを取ってくる」

リノが機材の用意を整えているあいだにバラードは家のなかに戻り、シンディに車のキーを貸してくれるよう頼んだ。バラードは理由を説明したが、シンディはあらたなレベルの侵害だと受け取っているようだった――家、体、そして自分の車もあの邪悪な男たちに侵入されていたというのは。シンディは泣きだした。

バラードは、シンディ・カーペンターがとても弱々しい精神状態に移行しつつあるのだと悟った。電話して、いっしょにいてくれるかどうか訊けるような友人か家族はいるのか、とバラードは訊いた。カーペンターは、いないと答えた。

「事件報告書に、あなたがもっとも近しい関係者として、別れたご主人を挙げているのを見た」バラードは言った。「彼は来てくれるかしら？」

「ああ、神さま、だめよ」カーペンターは叫んだ。「お願いだから、あの人に連絡しないで。まともに考えられなかったせいで、彼の名前を書いただけ。それにLAにいるのは彼だけど、あたしの家族はみんなラ・ホーヤにいるの」

「わかった、訊いてごめんなさい。あなたがとても不安定な様子に見えたので」

「あなただったらそうならないというの？」

バラードは自分から罠《わな》にはまってしまったのに気づいた。

「ごめんなさい」バラードは言った。「うかつな発言だった。お店のレーシーはどうなの？」

「わかってないみたいね。あたしはこのことを人に知られたくないの。あなたたちに連絡するまえにあたしが長いあいだ考えていたのはなぜだと思うの？　あたしは大丈夫、いい？　あなたがしなければならないことをさっさと済ませて、あたしをひとりにして」

それに対して言い返せる言葉はなかった。バラードはひとこと言って席を外し、キーをリノに持っていった。リノはすでに運転席側のドアのハンドルに銀色のパウダーを振って、指紋をさがしていた。

「なにか見つかった？」バラードは訊いた。

「拭われた汚れだけだな」リノは言った。

「指紋が拭われたような？」

「そうかもしれないし、そうでないかもしれない」

それは役に立たなかった。バラードは車のキーを目のまえの車の屋根に置いた。

「何軒か訊きにいってくる。あなたが終わるまえに戻ってくるつもりだけど、戻ってこなかったら、通信指令係経由でわたしに連絡して。携帯無線機《ローヴァー》を持ってきていないの」

「で、被害者はぼくが家のなかに入っていくのを知ってるんだな？」

「ええ、だけど、最初にノックして」

「了解した」

「彼女の名前はシンディ」

「それも了解した」

バラードはカーペンターの家の東側にある家にこだわった。そちら側の住人のほうが、なにか変わったことを目撃している可能性が高いと考えていたからだ。なぜなら、西側は行き止まりになっていたからだ。徒歩あるいは車でカーペンターの家から出てくる人間は、東へ向かうだろう。

レイプ事件後に近隣の聞きこみをするのは、慎重を要することだった。被害者にとって、なにがあったのか近所の住民全員に知られるのはもっとも避けたいことだった。被害者のなかには、汚名を着せられるのを断固として拒む者がいる一方、そのような暴行を受けたあとで、屈辱を覚え、自信を失ってしまう者もいた。反面、もし近隣に危険があるなら、住民はそれについて知っておく必要があったが。

加えて、バラードは法律に手かせをはめられていた。カリフォルニア州の規定では、性的暴行の被害者は、完全な匿名性を認められていた。被害者自身がその権利を放棄しないかぎり。バラードはその話題をシンディ・カーペンターに持ちだしすらしておらず、現時点では、法執行機関以外のだれにも彼女がレイプの被害者であることを明かしてはならないと、法律によって縛られていた。

カーペンターの家の隣にある家のドアがひらき、九ヵ月のロックダウンがつづいた痕跡のひとつを示している六十代の女性が姿を現すと、バラードはマスクを上まで持ち上げ、バッジを掲げた。女性は、ブルネットの髪の付け根が太い帯状に白くなっていて、最後にヘアサロンで髪を染めた時期を示していた。

「ロス市警です、奥さん。わたしはバラード刑事。お邪魔してすみませんが、この地域の住民全員に話をうかがうことをおこなっています。昨晩、午前零時過ぎにこの近所で犯罪が発生しました。夜のあいだになにか変わったことを見聞きしていないか、お訊ねしています」

「どんな犯罪？」

「住居侵入です」

「ああ、なんてこと、どのお家《うち》？」

だれの家かと訊くかわりにどの家と訊いてきたことで、この女性は近隣住民を個人的には知らないかもしれない、とバラードは思った。もしなにかを見聞きしていたら、それは問題にはならなかった。だが、バラードが立ち去ったあとで近所の住民たちと噂話《うわさばなし》をはじめはしないであろうことを意味していた。それはいいことだった。近隣住民の家をノックしたとき、自分が来ることを住民たちがすでに知っているというのは、バラードの望むところではなかった。

「隣の家です」バラードは言った。「昨晩、ふだんとは異なるものを聞いたり、気づいたりしましたか？」

「いいえ」女性は言った。「覚えているかぎりではなにも。だれか怪我をしたの？」

「奥さん、わたしは事件の詳しいことをお話しできないんです。ご理解いただけると思います。あなたは独りでここにお住まいですか？」

「いいえ、主人とわたしのふたりで住んでいます。子どもたちは大きくなりました。お隣のあの娘さん？ ひとりで住んでいるあの人？」

彼女はシンディ・カーペンターの家の方角を指さした。だが、シンディの名前を使うかわりにあの娘さんと呼んだのは、結局のところこの女性が近隣住民のことをあまり知らないことをあらたに示唆していた。

「ご主人はご在宅ですか？」バラードは相手の質問を無視して、訊いた。「ご主人の話をうかがえますか？」

「いえ、あの人はゴルフに出かけています」女性は言った。「ウィルシャー・カントリークラブに。もうすぐ戻ってくるでしょうけど」

バラードは名刺を取りだし、女性に渡し、ご主人が昨晩なにか変わったものを見聞きしたことを思いだしたらわたしに連絡するよう伝えて下さい、と指示した。それから、記録のため女性の名前を聞き取った。

「わたしたちは安全なんですか？」女性は訊いた。

「犯人たちが戻ってくるとは思いません」バラードは言った。

「犯人たち？　ひとりじゃなかったの？」

「ふたりの男性だとわれわれは考えています」

「ああ、なんてこと」

「昨晩、この界隈《かいわい》でふたりの男性を見かけたりしませんでしたか？」

「いいえ、なにも見ていません。でも、急に怖くなったわ」

「あなたは安全だと思いますよ、奥さん。いまも言ったように、彼らが戻ってくると、われわれは考えていません」

「彼女はレイプされたの？」

「奥さん、事件についてお話しできないんです」

「ああ、なんてこと、レイプされたのね」

「奥さん、聞いて下さい。侵入事件だとわたしは言いました。もしあなたが噂を広めはじめたら、お隣の住民に多大な苦しみを与えることになりますよ。そんなことをあなたはお望みですか？」

「もちろん、望みません」

「けっこう。では、噂を広めないで下さい。昨晩なにか変わったものを見聞きしていたら、わたしに連絡するようご主人にお伝え下さい」

「すぐ主人に連絡します。あの人は車でこっちに向かっているはず」

「お時間を割いていただいてありがとうございます」

バラードは通りに戻り、次の家に向かった。そういうふうに進んだ。つづく一時間で、バラードはさらに七軒のドアをノックし、そのうち五軒で住民と話をした。だれも有益な情報をもたらしてくれなかった。そのうち二軒はドアにホームセキュリティ・カメラのリング・カメラを取り付けていたが、昨晩のビデオを見直しても、有益な情報はなにも出てこなかった。

バラードがシンディ・カーペンターの家に戻ると、ちょうどリノが電気自動車の後部座席に荷物を詰めているところだった。

「で、なにか手に入った？」バラードは訊いた。

「まったくなにもなかった」リノは言った。「犯人連中は周到だったな」

「クソ」

「残念だ」

「車庫のねじ回しはどうだった？」

「綺麗《きれい》に拭き取られていた。ということは、きみの考えがたぶん正しい。犯人はねじ回しを使ってドアをこじあけ、そのあと指紋を拭き取ったんだ。問題は、あの車庫の扉はやかましいということだ。スプリングがキーキー音を立てるし、モーターがゴリゴリ言う。もしそんな方法で侵入したのなら、どうして被害者は起きなかったんだろう」

バラードは少なくとも侵入者のひとりが、カーペンターが仕事から帰ってくるまえにすでに家のなかにいたという考えをリノに説明するところだった。だが、ふいにその説の誤りに気づいた。もし犯人たちが車に置いてあったリモコンで車庫をあけたなら、車は家に戻っていなければならない。つまり、カーペンターは仕事から帰宅していたことになる。このことは三人の被害者を結びつけるものについてバラードが考えていたことを変えた。

「いい疑問ね」バラードは言った。

この新しい考えに取り組めるようバラードはリノを排除したかった。

「来てくれてありがとう、リノ」バラードは言った。「わたしは家に戻るわ」

「いつでも連絡を」リノは言った。

バラードは玄関ドアに戻り、ノックしてからなかに入った。カーペンターはカウチに座っていた。

「彼は帰ります。わたしも失礼するわ」バラードは言った。「わたしがあなたの代わりに電話する相手はほんとにいない？」

「いない」カーペンターは答えた。「あたしは大丈夫。第二の呼吸がつけるようになってきた。走っていてしんどくて息切れしたあと、急に楽になることがある、というあれ」

バラードは発生した心的外傷を考えた場合、第二の呼吸なんてものがありうるのだろうか、と疑問だった。カーペンターはそんなバラードの様子を読み取ったようだった。

「自分の父親のことを考えているの」カーペンターは言った。「だれが言ったのか覚えていないけど、あたしが膝を擦りむいたり、なにか悪いことが起こったりしたときに、父はよくどこかの哲学者の言葉を引用していた。死なないんだから、もっと強くなる、とよく言ってたの。そんな感じの言葉。それをいまあたしは感じている。あたしは生きている。あたしは生き延びた。あたしはもっと強くなる」

バラードはしばらく返事をしなかった。別の名刺を取りだし、ドアの近くにある小さなテーブルに置いた。

「よかった」バラードは言った。「もしわたしに連絡する必要があったり、なにか思いついたら、ここに連絡先の番号を書いてあるわ」

「わかった」カーペンターは言った。

「こいつらを捕まえるからね。それは確実」

「そう願ってるわ」

「お願いがあるんだけど、あした話せるかしら？」

「なんとか」

「調査票を送るわ。ラムキン調査と呼ばれているものなの。基本的にあなたの直近の行動と人との交流に関する調査票なの——対人およびソーシャルメディアでの。あなたの居場所を追うためのカレンダーがついていて、できるかぎり埋めてほしい。六十日分遡るんだけど、直近二週間から三週間に集中してほしい。覚えているかぎりの場所を全部記入して。犯人たちはあなたをどこかの時点でどこかの場所で見かけている。コーヒーショップかもしれないし、別のどこかかもしれない」

「うへっ、店でないことを祈るわ。そうだとしたら最悪」

「そうじゃないとは言えないな。だけど、あらゆることを警察は考慮しなければならないの。ここにプリンターはある？」

「ええ。クローゼットのなかにある」

「調査票をプリントアウトして、手書きで記入してくれるなら、それがベスト」

「なぜラムなんとかかと呼ばれているの？」

「調査票をまとめた人間の名前なの。引退するまでロス市警の性犯罪専門家だった人。現在、ソーシャルメディアの面でアップデートされているの。オーケイ？」

「送ってちょうだい」

「できるだけ早く送る。それから、あなたが希望するなら、あしたわたしはここに立ち寄って、いっしょに調査票の記入内容を検討できるけど。あるいは記入が終わったものを受け取りにくるだけというのも可能」

「あしたはお店をあけて、終日そこにいないといけなくなると思う。だけど、店に持っていって、できるときに記入するわ」

「あした出勤したいと本気で思っている？」

「ええ。気分を晴らすのに役に立つと思う」

「わかった。わたしはもう少しだけこの近所にいます。念のため、車を正面に停めておくので」

「近所の人間にあたしの身になにがあったのか話すつもり？」

「いいえ、話さない。実際のところ、カリフォルニア州の法律で、わたしには話せないの。たんにこの界隈で住居侵入事件が起こったと言うだけ。それだけよ」

「近所の人間にはたぶんわかってしまう。考え合わせて答えを出すでしょう」

「そうならないかもしれない。だけど、わたしたちはこのモンスターどもを捕まえたいの、シンディ。わたしは自分の仕事をやらなくちゃならない。ひょっとしたら、近所のだれかが役に立つなにかを目撃しているかもしれない」

「わかってる、わかってる。なにか見たと答えた人はいた？」

「いまのところいないわ。だけど、この通りの行き止まりまで、まだ話を聞いていない家があるの」

バラードは西を指さした。

「幸運を」カーペンターは言った。

バラードはカーペンターに礼を告げて、立ち去った。隣の家に歩いていく。老人が応答した。彼はなんの役にも立たないことを証明し、夜間よく眠れるように補聴器を外していることすら明らかにした。次にバラードは道路を横断して、別の男性と話をした。彼はなにも見ていないと答えたが、なにか聞いたかと訊ねたときに、貴重な情報を提供した。

「通りの向かいにある車庫の真正面にお住まいですが、あの車庫の扉が上下するのが聞こえますか？」バラードは訊いた。

「しょっちゅうだよ、いまいましい」男性は言った。「スプリングに油を差してくればいいのにな。扉が上がるたびにオウムがギャーギャー鳴くみたいな音を立ててるんだ」

「では、昨夜、車庫の扉の音が聞こえたかどうか覚えていますか？」

「ああ、聞こえたよ」

「それが何時だったか覚えていませんか？」

「あー、正確にはわからないが、かなり遅い時間だったな」

「あなたはベッドに入っていました？」

「いや、まだだった。だけど、もう少しで寝るところだった。新年を祝う番組は見ないんだ。ああいうのは好みじゃない。ただベッドに入り、一年が経ち、目が覚めると次の年になっている。そんなふうにしているんだ」

「ということは、午前零時よりまえだったんですね。音が聞こえたとき、なにをしていたのか覚えていますか、あるいは、TVをご覧になっていましたか？　聞こえた時間帯を絞ろうとしているんです」

「ちょっと待ってくれ、見せたいものがある」

男性はポケットから携帯電話を取りだし、メール・アプリをひらいた。メッセージをスクロールしはじめる。

「フェニックスに元嫁がいるんだ」彼は言った。「いっしょに暮らすことはできなかったが、いっしょに暮らしていないおかげで、いまでは友人なんだよ。そんなふうにうまくいくとはおかしいな。とにかく、元嫁は早くに就寝できるよう、ニューヨークのタイムズ・スクエアの報時球《タイム・ボール》の落下中継を見ていた。それで、わしはニューヨーク時間で彼女に新年おめでとうのメールを送ったんだ。そのとき、ガレージの音が聞こえた」

男性は携帯電話の画面をバラードに見せた。

「ほら、これだ」

バラードは身を乗りだして見た。「新年おめでとう」のメールが、昨晩八時五十五分にグラディスという名の相手に送られていた。

「で、これがガレージの音が聞こえたのとおなじ時刻でした？」

「そうだ」

「扉があいて閉まるのが聞こえましたか、それともあいただけでしたか？」

「あいて閉まった。上がるときと違って、下がるときはそれほどやかましくないんだが、それでも聞こえたよ」

バラードは記録のため、男性の名前を訊いてから、礼を言った。パズルの一片をはめるのに役立ってくれた、と相手には言わなかった。男性がシンディ・カーペンターの家にミッドナイト・メンが侵入したのを事前に聞いていた、とバラードは確信していた。シンディは、午後九時まで働いており、いずれにしても車庫には車を停めなかった。

バラードはほかの可能性を思いつかなかった。レイプ犯のひとりが車庫に侵入し、ねじ回しを使って、簡単にキッチンのドアをあけ、それからシンディが帰宅するのを来客用寝室のクローゼットで待っていたのだ。

だが、パズルの一片を加えると、別の一片が押しだされた。もしシンディ・カーペンターがまだ仕事をしていて、車が彼女といっしょのところにあったとしたら、どうやってミッドナイト・メンは車庫をあけたのだろう？

12

ハリー・ボッシュの家は、デルからフリーウェイを挟んだ反対側にある住宅地にあった。バラードはその家のほうへ向かいはじめてから、すぐボッシュに電話をかけた。

「近くにいるの」バラードは言った。「あの本を見つけた？」

「見つけた」ボッシュは言った。「いまから来るのか？」

「五分でつく。あなたの家のＷｉ－Ｆｉを借りたいの」

「いいとも」

バラードは電話を切った。自分のシフトのはじまる点呼に顔を出すためハリウッド分署に向かうべきだとわかっていたが、動きつづけたかった。当直オフィスに連絡を入れ、どの巡査部長が点呼を担当するか確かめ、彼につないでほしいと頼んだ。担当はロドニー・スペルマンだった。

「なにがあった、バラード？」スペルマンは挨拶代わりにそう訊いてきた。

「昨晩、三度めのミッドナイト・メンの襲撃があった」バラードは言った。「デルで」

「その件は聞いてる」

「わたしはいまその事件を追っているところで、点呼には出ない。だけど、点呼でその話を持ちだして、昨夜のことを訊いてほしいの。とくに、15地区と31地区担当のパトカーに。彼らがなにかを見たのかどうか、だれかを職質したのかどうか、なんだっていい、知りたいんだ」

「ああ、引き受けよう、巡査部長、あとでまた連絡する」

「ありがとう」

「了解だ」

バラードは電話を切って、ピルグリメージ・ブリッジで101号線を横切り、すぐにウッドロウ・ウィルスン・ドライブに入り、ボッシュの家を目指して道路を上っていった。そこにたどりつくまえに、バラードはリサ・ムーアからの電話を受けた。

「どうなってる、シスター・バラード？」ムーアは訊いた。

相手がすでにワインをきこしめしているな、とバラードは推測した。ムーアの挨拶は嘘くさく、腹立たしかった。それでもバラードは自分の捜査結果についてだれかに話をする必要があった。

「まだ調べてるわ」バラードは言った。「だけど、この事件を考え直さないといけないと思ってる。三つめの事件は、最初の二件と異なっており、わたしたちはあさっての方向を見ていたかもしれない」

「ワーオ」ムーアは言った。「日曜日までここに滞在してもかまわないという話を聞きたかったのに」

バラードのムーアに対する我慢は限界に達した。

「なんてこと、リサ、少しは気にならないの？」バラードは言った。「つまり、ふたりの犯人が野放しになっており――」

「もちろん、気になってる」ムーアは言い返してきた。「それがあたしの仕事だもの。だけど、いまは、そのせいで、あたしの人生がボロボロになってる。いいわ、戻るから。あしたの朝九時に。分署で会いましょう」

バラードは自分の爆発をすぐに反省した。いまはボッシュの家の外で車のなかに座っていた。

「いえ、気にしないで」バラードは言った。「あしたはわたしがカバーする」

「ほんと？」ムーアが言った。

ムーアの反応が少し早すぎて、期待をこめすぎているようにバラードには思えた。

「ええ、かまわない」バラードは言った。「でも、次にわたしがそうしてほしいときには、なにも訊かずにシフトを変わってね」

「交渉成立」

「ひとつ訊かせて。最初のふたりの被害者の情報をどうやって突き合わせた？　聞き取り、それとも、ラムキン調査に記入させた？」

「あれってアップデート分を含めて八ページもあるやつでしょ。記入を頼むつもりはなかった。被害者にあたしが聞き取りをして、ローニンもおなじことをした」

ローニン・クラークは、性犯罪課の刑事だった。彼とムーアは伝統的な意味でのパートナーではなかった。ふたりともおたがいに担当案件を抱えていたが、必要に応じて相手の手伝いをしていた。

「彼女たちに調査票を渡すべきだと考えている」バラードは言った。「いまでは事件の様相が異なっている。被害者の情報取得を間違っていたと思う」

ムーアから沈黙が返ってきた。バラードはそれを不同意の印と受け取ったが、街を離れていて、バラードに新しい事件を単独で調べさせているいま、反対意見を言葉にできない、と感じているのだろう。

「とにかく、わたしがそれも担当する」バラードは言った。「もういかないと。やらなきゃならないことがたくさんあって、今夜これからシフトがはじまるし」

「あした連絡を入れるわ」ムーアが親切めかして言った。「それからほんとうにありがとう、レネイ。お返しするから。日にちを言ってくれれば、シフトを変わるから」

バラードは電話を切り、マスクを着用した。ブリーフケースを手にして、車を降りる。ボッシュの玄関ドアがバラードの到着するまえにあいた。

「そこで座っているのが見えたよ」ボッシュが言った。

ボッシュはバラードが入れるようにドアを背にして後ろに下がった。

「自分はバカだなという気持ちがする」バラードは言った。

「どんなことで？」ボッシュは訊いた。

「レイプ事件のわたしのパートナー。こっちはふたつの事件に取り組んでいるのに、彼女が週末ボーイフレンドと逃げだすのを許してしまっている。わたしってバカだな」

「彼女はどこにいったんだ？」

「サンタバーバラ」

「あそこでは店はあいているのか？」

「部屋からろくに出ないつもりなんじゃない」

「そうか。まあ、さっきも言ったように、おれはここにいて、手伝えるぞ。どこでも必要なところにいく」

「わかってる。感謝しているわ、ハリー。あくまでも道義的な問題なの。彼女は完全に燃え尽きている。共感はまったく残っていない。性犯罪担当からの異動を申しでるべきね」

ボッシュはダイニングのテーブルを指し示した。そこにはノートパソコンがすでにひらいて載っていた。ふたりは向かい合う形で腰を下ろした。音楽はかかっていなかった。テーブルには、ページが黄色くなっている一冊のハードカバー本も置かれていた。ダーシー・オブライエン著『似たもの同士』。

「心をえぐって穴をあけるんだ、性犯罪は」ボッシュは言った。「さっき話をしてからなにがあった？」

「混乱のきわみね」バラードは言った。「言ったように、三つの暴行事件は完全につながっていた。だけど、今回の三番めの事件は——最初の二件とは違っていた。そのことが事態を変えるの」

バラードは椅子の隣の床にブリーフケースを降ろすと、なかから自分のノートパソコンを取りだした。

「きみのパートナーがいない以上、おれに相談してみないか?」ボッシュが訊いた。

「なに、あなたは一度も存在しなかったわたしのお気に入りのおじさんみたいなもの?」バラードは訊いた。「帰るときにキャンディーを買いなと一ドルくれるのかな?」

「あー……」

「ごめん、ハリー。そんなつもりじゃ――ちょっとリサにイライラしていた。あんなふうに好きにさせてしまった自分にも腹が立っている」

「かまわないさ。わかった」

「Wi-Fiを使ってもいい?」

バラードはノートパソコンをひらき、ボッシュはインターネットへの接続方法を伝えた。Wi-Fiアカウントのパスワードは、ボッシュの昔のバッジ番号である2997だった。バラードはラムキン調査票のブランクフォームをダウンロードして、シンディ・カーペンターに送った。ブラックから送られてきた報告書からシンディの電子メール・アドレスを入手していた。カーペンターがそれを気にしないでいてくれるようバラードは願った。

「きみのパートナーを懲らしめる方法を知ってるか？」ボッシュは言った。「彼女が戻ってくるまえに犯人どもを逮捕するんだ」

「その可能性は低いわ。こいつらは……こいつらは優秀よ。それに、彼らはゲームのやり方を変えた」

「どう変えたのか話してくれ」

バラードはつづく二十分をかけ、ボッシュに事件の最新状況を伝えた。その間、リサ・ムーアにもこれくらい詳しく状況をアップデートすべきだったなと考えていた。バラードが話し終えると、ボッシュはバラードとおなじ結論と意見を持った。捜査は方向転換が必要だった。ミッドナイト・メンと、彼らの被害者確保方法について考え違いをしていた。最初に選ばれたのは場所ではなかった。被害者だった。被害者が選ばれ、そののち、住んでいる地域と家まであとをつけられたのだ。三人の女性たちはいずれもどこかほかの場所で犯人たちのレーダーを過ったのだ。

いまやバラードはその交差地点をさがしださねばならなかった。

「最新の被害者にラムキン調査票をいま送った」バラードは言った。「あしたか日曜日に記入して返ってくればいいと思ってる。最初のふたりの被害者にも記入してもらうよう話をしないと。事件発生時に彼女たちにそれを頼むのは荷が重いとリサは考えたの。最初のレイプは一ヵ月以上まえの感謝祭のときで、その事件の被害者は、当時記入するよう頼まれていたのなら思いだせたほどの記憶をいまは持っていないでしょうね」

「おれはいまどんどんそのリサに腹が立ってきた」ボッシュは言った。「怠慢だ。ほかのふたりの被害者にきみは調査票を送るつもりか？」

「いえ、まず電話して、ふたりと話をしてみたいと考えている。ここを出たらそれをするつもり。あなたはラムキンが市警にいたころを知ってる？」

「ああ、いっしょに何件か事件を担当した。今回のような暴行事件になると、あの男は自分がしていることをよくわかっていた」

「彼はまだ街にいるの？」

「いや、聞いたところでは、引退して州を離れ、戻ってきていない。どこか北のほうで暮らしている」

「まあ、いまでも彼の名前のついた相互参照調査票を使っているわ。それはある種の遺産だと思う。ハビエル・ラファの件でわたしが摑んでいることを知りたい？」

「もし教えてくれるなら」

「プリンターはある？」

「この下に」

ボッシュは自分が座っている椅子のうしろにある書棚の下の段に手を伸ばした。まえの世紀に使われていたのかもしれないような箱型のプリンターを持ち上げる。

「冗談でしょ」バラードは言った。

「なにが――これがか？」ボッシュは返事をした。「あまり印刷作業をしないんだ。だけど、これは動くぞ」

「ええ、たぶん一分で五ページくらいね。幸いなことにあなたに渡せる資料は多くない。パソコンにつなぐケーブルを貸して。用紙はある？」

「ああ、用紙はある」

ボッシュはノートパソコンにつなぐためのケーブルをバラードに渡した。ボッシュがプリンターを電源につないで、用紙を補給しているあいだ、バラードは画面上に事件ファイルを呼びだし、前回のシフトのあいだにまとめた書類をプリントキューに送り始めた。バラードはまちがっていなかった。プリンターは遅かった。

「ほら、動くと言ったとおりだろ」ボッシュは言った。「最新のプリンターなんか要らない」

ボッシュは自分のテクノロジーに対する頑迷さを誇らしく思っているようだった。

「今夜じゅうに仕事に取り組みたいからね」バラードは言った。「まだあなたの担当事件の資料を見てすらいないんだ」

ボッシュはバラードの反論を無視し、最初の二ページ——まだ二ページしか印刷できていない——をプリンターのトレイから手にした。バラードは二ページの事件報告書を最初に送ってから、捜査時系列記録、目撃者供述、そして事件現場マップを送った。そうした資料を使ってボッシュになにができるのか定かではなかったが、時系列記録がもっとも重要なものだった。なぜなら、バラードが昨夜とった行動を段階を追ってまとめたものを記していたからだ。この事件をそれなりに長くキープしつづけられるという希望は抱いていなかったが、もしボッシュがラファの事件から自分の昔の担当事件、アルバート・リーの殺害事件につながる捜査の糸口を見つけだすことができたなら、上層部がラファを取り上げに来たとき、交渉する材料を持っていられるかもしれない、とバラードはわかっていた。

バラードは辛抱強く時系列記録が印刷されるのを待っていたが、分署に顔を出していないことや、なかんずく、ミッドナイト・メン事件で待ち受けている作業に取り組んでいないことで不安になってきた。

「なにか飲むか？　コーヒーを淹《い》れようか」ボッシュが言った。「印刷が終わるまでしばらくかかりそうだ」

「コーヒーを淹れるのはこのプリンターより早くできる?」バラードは訊いた。

「おそらく」

「じゃあ、お願い。少しカフェインを入れたい」

ボッシュはテーブルから立ち上がり、キッチンに入っていった。バラードは老朽化したプリンターをじっと見つめて、首を振った。

「けさ、ここに来てから、眠ってないんだろ?」ボッシュがキッチンから声を張って、呼びかけた。

プリンターは古いだけでなく、うるさかった。

「ええ」バラードも声を張って、返事をした。

「じゃあ、カフェインたっぷりの豆を使おう」ボッシュは言った。

バラードは立ち上がり、デッキに通じる引き戸のところにいった。

「デッキに出ていい?」

「どうぞ」

バラードは引き戸をあけ、外に出た。自由に呼吸ができるよう、マスクを外した。手すりのところから交通量の少ない101号線を見おろした。ユニヴァーサル・シティの複数階になっている駐車場が空っぽなのが明白だった。そのアミューズメント・パークはパンデミックのせいで閉園していた。

プリンターが止まるのが聞こえた。マスクをつけ直し、バラードは室内に戻った。全部印刷されているのを確認してから、バラードはケーブルを外して、ノートパソコンをシャットダウンした。立ち上がり、コーヒーは遠慮すると言おうとしたとき、ボッシュが湯気を立てているカップを持ってキッチンから出てきた。

「ブラックでいいよな？」ボッシュは訊いた。

「ありがと」バラードはそう言って、カップを受け取った。

バラードはマスクをおろし、ボッシュに背を向けて熱い液体に口をつけた。火傷《やけど》するくらい熱く、濃かった。まだ喉を下っているうちにカフェインが体じゅうにまわってくるのを感じられる気がした。

「おいしい」バラードは言った。「ありがと」

「きみを動かしつづけるだろう」ボッシュは言った。

バラードの携帯電話が鳴りだした。それをクリップから外し、画面を確認する。323の局番だったが、名前は出てこなかった。

「これに出ないとだめみたい」バラードは言った。

「どうぞ」ボッシュは言った。

バラードは電話に出た。

「こちらバラード刑事です」

「刑事さん、シンディ・カーペンターです。送ってくれた調査票を受け取って、いま書いているところ。だけど、あることを思いだしたの」

犯罪の被害者が被害体験から数時間後、ときには数日後に事件の細部を思いだすことがよくあるのをバラードは知っていた。これは心的外傷を処理する自然な部分だった。法廷では、刑事弁護士が、被告に不利な証拠に適合するよう都合よく記憶を捏造《ねつぞう》するのだと被害者を非難することがよくあった。

「なにを思いだしたの？」バラードは訊いた。

「最初、このことを記憶からブロックしていたにちがいないの」カーペンターは言った。「でも、あいつらはあたしのピクチャーをとったと思う」

「どんな絵をとったというのかしら？」

「いいえ、写真のこと。あいつらはあたしを写真にとった……ほら、あたしをレイプしていたときに」

「なぜそうだと思うのかしら、シンディ？」

「なぜなら、ほら、あいつらがあたしにオーラル・セックスを強要していたとき、あいつらのひとりがあたしの髪の毛を摑んで、数秒間、あたしの頭を傾け、その姿勢のまま動かさなかったの。あたしにポーズをとらせているみたいだった。胸くそ悪い自撮りをしているみたいに」

カーペンターには見えないものの、バラードは首を横に振った。カーペンターはレイプ犯たちのやっていたことを正しく推測しているようだ、とバラードは感じた。ひょっとしたらこれがスキー帽と同様、被害者の顔にマスクをかぶせる行為の背後にある理由かもしれない、とバラードは思った。連中は暴行が写真にとられたり、もしくは録画されていることを被害者に知られたくなかったのだ。これはなぜレイプ犯がそういうことをするのかに関するあらたな疑問を生じさせたが、彼らの手口に関するバラードの思考をさらに先へ進めさせた。

そしてこのことがふたりの男たちを捕まえるというバラードの決意をあらたにさせた。リサ・ムーアからの協力を得られようと得られまいと。

「聞いてる、レネイ?」カーペンターが訊いた。「レネイと呼んでいいかしら?」

「ごめんなさい、聞いてるわ——ええ、レネイと呼んでちょうだい」バラードは言った。「いまメモを書いていたところなの。あなたの言うとおりだと思うし、知ることができてよかった詳細よ。とても役に立つ。連中の携帯電話あるいはパソコンを見つけたら、連中はおしまい。それは鉄壁の証拠になる、シンディ」

「そう、じゃあ、よかったな」

「それもつらいことだと思う。だけど、思いだしてくれてありがとう。事件のまとめを書くので、それをあなたに確認してもらいたいし、いまの情報をそこに入れる」

「わかった」

「ところで、いましがた送った調査票だけど。どんな理由でもあなたを傷つけたいと思っているかもしれないあなたの知り合いのリストを作るようにとお願いしている項目がある。それはとても重要なものなの、シンディ。そのことをよく考えてみて。あなたがよく知っている人と、ろくに知らない人、両方で考えて。コーヒーショップで腹を立てた客、あなたがなんらかの形でその人の機嫌を損ねたと思っている人。そのリストは重要なの」

「つまり、それを最初にやるべきと？」

「必ずしもそうじゃない。だけど、そのことについて考えていてほしいの。この事件にはどこか復讐《ふくしゅう》的なところがある。写真やあなたの髪の毛を切り取ったところとか。そうしたものすべてが」

「わかった」

「けっこう。じゃあ、どこまで宿題を進めてくれたのか確かめるため、あした連絡する」

カーペンターは黙りこんだ。バラードは宿題というユーモアをはさもうとしたのが滑ったと感じた。かかる状況ではどこにもユーモアの入る余地はなかった。

「あー、ともかく、あなたはあしたの朝早くに働かなきゃならないでしょ」バラードはぎこちなくつづけた。「あしたの午後に、あなたがどこまで書いたのか確かめるため、連絡します」

「わかった、レネイ」カーペンターは言った。

「けっこう」バラードは言った。「それから、シンディ？　いつでも好きなときに連絡してちょうだい。とりあえず、さようなら」

バラードは電話を切り、ボッシュを見た。

「いまのは被害者からの電話。彼女はフェラチオを強要されているあいだに写真を撮影されたと考えている」

ボッシュは、その話を理解すると、バラードから目をそらし、男たちがおこなう邪悪な行為に関する自分の知識のなかにファイルした。

「それは事態をかなり変えるな」ボッシュは言った。

「ええ」バラードは言った。「変える」

13

刑事部屋の机にブリーフケースをドンと置いてから、バラードは分署で刑事を必要とするかもしれない事態が出来《しゅったい》しているかどうか顔を出して確認するため、当直オフィスに向かった。当直担当の警部補は、ダンテ・リヴェラという名のベテランで、まもなく定年退職になろうとしていた。勤続三十三年ということは、最後の給与の九十パーセントという最高割合の年金をもらえるのだ。リヴェラはあと五ヵ月で退職というところまで来ており、当直オフィスの壁にカウントダウン用のカレンダーが貼られていた。彼は毎日カレンダーのページをはがしていた。カウントをつづけるためだけでなく、当日のページに書かれる昼勤の職員からの罰当たりなコメントを消すためでもあった。

リヴェラはハリウッド分署でさまざまな任務に当たることで、警察での大半の日々を過ごしてきた。市警の基準から見て古参と見なされていたが、若いころに警察に加わったことから、まだ六十歳にもなっていなかった。九十パーセントの年金を受け取り、警備のアルバイトをするか、私立探偵の免許を取得するかして補い、残りの人生を優雅に過ごすだろう。だが、長年勤めてきたことで、彼は惰性の堅い繭にくるまれてしまってもいた。担当する深夜勤務がガラスのようになめらかに過ぎていくことを望んでいた。波風が立たず、ややこしい事態や問題が起こらないよう望んでいた。

「警部補」バラードは言った。「ビッグ・バッド・シティで今夜なにか起こっていますか？」

「なんも」リヴェラは言った。「西部戦線《ウエスタン・フロント》異状なしだ」

リヴェラはいつもそのフレーズを口にした。ハリウッドがこの街の外れにあるかのように。おそらく夜間にはそのフレーズは有効だろう。西のほうの裕福な地域は、静かになり、安全になるのが普通だった。ハリウッドは西部の前線《フロント》だった。ほとんどの夜、バラードは、リヴェラが、静かなものだと口にするのを聞くのがいやだった。なぜなら、バラードは事件や、参加できるようななにかを求めていたからだ。だが、今夜はちがっていた。やらなければならない作業をすでに抱えていた。

「刑事部屋にいます。ローヴァーを持ったまま」バラードは言った。「昨夜の事件のフォローアップがあるので。スペルマンを見かけました？」

「スペルマン巡査部長かね？」リヴェラは訊いた。「隣の部屋にいるぞ」

バラードは肩書きを付けたその言い直しを心に留めて、当直オフィスをあとにして、中央廊下に出た。隣のオフィスに歩いていく。そこは非公式に巡査部長オフィスと呼ばれていた。なぜなら、管理職たちが電話をかけたり、報告書を書いたり、手続き違反をした警官を記録に残すかどうか判断するため、ヒラの警察官たちから離れているための場所だったからだ。スペルマンはその部屋にひとりでいて、長いカウンターをまえに腰を下ろし、ノートパソコンでビデオを見ていた。バラードが入っていくとスペルマンはすぐにパソコンを閉じた。

「バラード、なんだ？」

「取り立てて用事はない。いまの状況を訊ね、デルでのわたしの事件に関して点呼でなにか出てきたかどうか聞きにきたの」

駐車している車への接近をボディーカメラで撮影した映像をスペルマンは見ていたようだった。それは彼の仕事の一部であり、あわててノートパソコンを閉じたことから、カメラに映っていたのは、ふたつのFのうちひとつだろうと推測した――武力行使《ユーズ・オブ・フォース》か、ファックしている人たちか――両方とも、車両停止命令時あるいは駐車している車の確認時に起こりえた。

「ああ、そうだ、連絡するのを忘れてた」スペルマンは言った。「風俗取締課を情報提供のため来させていて、そのあとそれを受けて署員を繁華街に送りださねばならず、点呼はてんてこまいだったんだ。だが、ヴィテロとスモールウッドを出かけるまえに用具室で捕まえたぞ。昨晩はなにも目立ったことは起こらなかったそうだ。加えて、二件の応援要請で担当地域から外に引っ張りだされていたそうだ」

「オーケイ」バラードは言った。「訊いてくれてありがとう」

バラードは背を向け、部屋から出た。そこは狭くて、空気がこもっており、スペルマンが付けているコロンがなんであれ、そのにおいが漂っていた。

バラードは当直オフィスのまえをふたたび通らずにすむよう遠回りして刑事部屋に戻った。見なければリヴェラのことを考えずに済む、とバラードは思った。借りている机に戻ると、バラードは手帳を取りだし、ノートパソコンをひらいて、ミッドナイト・メン事件のファイルを呼びだした。最初の被害者、ロバータ・クラインの携帯電話番号を見つけ、電話をかけた。応答を待っているあいだにTV画面の上の壁かけ時計を確認した。時系列記録を更新するときに付け加えられるよう、手帳のページに午後九時五分と記した。ロバータ・クラインは六回めの呼びだし音で電話に出た。

「ハイ、ボビー、ハリウッド分署のバラード刑事です」

「あいつらを捕まえたの？」

「いえ、まだですが、事件の捜査をつづけています——祝日であっても。こんな遅くに電話をしてすみません」

「ぞっとしたわ。『こんな時間に電話してくるなんてだれ？』と思ったの」

「ごめんなさい。調子はいかがです？」

「よくない。警察からなんの連絡もないじゃない。どうなっているのかわからない。わたしは怖いの。あいつらが戻ってくるんじゃないかとずっと考えている。ロス市警があいつらを捕まえないせいで」

またしてもバラードはリサ・ムーアに腹を立てている自分に気づいた。性的暴行事件は被害者に頻繁に手を差しのべる必要がある。情報を与えつづけなければならない。警察がしていることを知れば知るほど、安全だと思えるからだ。被害者がより安全だと思えれば思えるほど、彼らは進んで協力してくれるようになる。レイプ事件だと、その協力は、面通しや法廷で犯人を睨《にら》みつけることを意味する場合がある。それには勇気が必要で、それにはサポートが必要だった。これはリサがヘマをしたあらたな状況だった。これは彼女の事件なのだ。バラードは夜間担当の刑事にすぎない——捜査責任者ではないのだ。これまでのところは、どうやら。

「あの、フルタイムでこの事件捜査にあたることをお約束します。いまお電話しているのもそれが理由です」バラードは言った。

「仕事を辞めたわ」クラインが言った。

「どういう意味です？」

「辞めたの。あいつらが捕まるまで家から出たくない。怖くて怖くてたまらない」

「こちらからお知らせしたセラピストのだれかに会いましたか？」

「Ｚｏｏｍはきらい。止めたわ。とても事務的なんだもの」

「考えなおしたほうがいいかもしれませんよ、ボビー。今回の件を乗り越えるのに役に立つかも。難しいことだとわかって――」

「あなたたちがあいつらを捕まえていないのなら、なぜわたしに電話してきたの？」

コンピュータ画面上のセラピストが暗黒の時間を乗り越えるのにどのように役立ってくれるかを聞くことにクラインが興味を持っていないのは明白だった。

「ボビー、正直に話す。あなたが強い人だとわかっているから」バラードは言った。

「われわれは捜査の焦点を定め直す必要があり、そのためにあなたの協力が必要なの」

「どのように？」クラインは訊いた。「どうして？」

「なぜなら、われわれはこの事件を場所の観点から見ていたから。犯人たちはまず場所を選んで、そのなかにいる被害者をさがしたんだと考えていたの——すばやく出入りするのが容易な場所を選んだのだ、と」

「で、そういうことではなかったわけ？」

「被害者を特定して標的にしたのかもしれないと考えている」

「それはどういう意味？」

理解するにつれ、クラインの声が少し甲高いものになった。

「犯人たちは別の形であなたと出会ったのかもしれない、ボビー。そしてわれわれが知りたいのは——」

「あいつらがわたしを特別に選んだという意味？」

鋭い悲鳴のような声になり、バラードは自分が飼い犬の前脚をうっかり踏んづけたときのことを思いだした。

「ボビー、わたしの話をよく聞いて」バラードは急いで言った。「怖がるようなことはなにもありません。連中が戻ってくるとは、われわれは考えていないの。彼らは先へ進んだの、ボビー」

「それってどういう意味？」クラインは訊いた。「あらたな被害者が出たということ？　それがあなたの言っていること？」

バラードはこの会話全体が意図しない方向に流れていったのを悟った。軌道に戻すか、終わらせるか、しなければならなかった。あるいは、今回の電話の取り扱いミスから学んだものをすべて活《い》かして、次の被害者に移るか。

「ボビー、冷静になってもらわないと。そうでなければあなたと話をつづけて、なにが起こっているのか伝えられない」バラードは言った。「そうしてもらえないかな？」

長い沈黙が下り、やがて電話口の女性が反応した。

「わかった」クラインは落ち着いた口調で言った。「わたしは冷静よ。なにが起こっているのか話してちょうだい」

「あらたな被害者が出たの、ボビー」バラードは言った。「きょう早い時間に起こった。詳しいことは言えないけど、それが事件に関する警察の考え方を変えさせた。だからこそ、あなたの協力が必要なの」

「わたしになにをやらせたいの？」

「まず第一に、ロス・フェリズにある〈ネイティヴ・ビーン〉コーヒーショップにいったことがあるかどうか、教えてほしい」

クラインがその質問を考えているあいだ、間があった。

「いいえ」クラインは言った。「一度もいったことはない」

「ヒルハースト・アヴェニューにある店」バラードは言った。「確かかしら？」

「確かよ。それって――」

「その店で働いている人間に知り合いはいる？」

「いいえ、そっちのほうにいったことは一度もない」

「ありがとう、ボビー。次に知りたいのは――」

「そこのだれかが襲われたの？」

「その点についてあなたと話をすることはできません、ボビー。あなたの身元が守られる措置が講じられているのとおなじように、ほかの被害者もおなじ措置が講じられているの。さて、わたしはあなたの電子メール・アドレスを把握している。いまからあなたにひとつの書類を送ります。それはあなたの生活と行動に関する調査票で、どこであなたがこいつらと最初に出会ったかを突き止めるのにそれが使えるかもしれないの」

「ああ、神さま、ああ、神さま」

「パニックになるようなことはなにもないわ、ボビー。それは――」

「パニックになるようなことはなにもないですって？　冗談言ってるの？　あいつらはここに簡単に戻ってきて、またわたしを傷つけられるということでしょ。いつだって好きなときに」

「ボビー、そんなことは起こりません。ありえないことなの。だけど、この電話が終わったらすぐに当直オフィスにいき、担当の警部補にあなたの通りのパトロールを増やすように伝えます。かならずやってもらうから。それでいい？」

「好きにして。そんなことであいつらを止められないわ」

「そこであなたに記入してもらいたい調査票があるの。それが犯人たちを止めるのに役立ってくれるはず。今夜とあした、時間を割いて、わたしのために記入してもらえないかしら？　電子メールで送り返すか、あるいはプリントアウトしてから書きたいというのなら、記入を終え次第、わたしが受け取りに立ち寄ります。電話してくれればいい」

「ムーア刑事はどうしたの？　彼女はどこにいるの？」

いい質問だ、とバラードは思った。

「わたしたちはいっしょに本件に取り組んでます」バラードは言った。「わたしは調査票を担当しているの」

バラードはさきほどシンディ・カーペンターに伝えたのとおなじ指示を与えることにした。少なくとも一時的にでも恐怖心を紛らわせる作業を与えられることで、クラインは落ち着いたようで、最終的に調査票への記入に同意した。それと引き換えに、バラードは調査票を受け取るため立ち寄り、家のまわりのセキュリティ・チェックをすることを約束した。電話が終わるころには、ボビー・クラインは落ち着いて話をしており、進んで作業をしてくれそうだった。

バラードはその電話のあとでくたくたになった。疲れが筋肉に忍び寄ってくる気がした。二番めの被害者に電話するのは延期することに決めた。立ち上がり、分署の休憩室に向かい、そこにあるキューリグのコーヒーメーカーで一杯のコーヒーを淹れた。ボッシュのブレンドほどおいしくもなく、濃くもなかった。それから当直オフィスに向かい、リヴェラにボビー・クラインの居住区を含むパトロール・エリアを担当するパトカーにクラインの住む通りを数回余分に通るよう指示してほしいと頼んだ。リヴェラはそのように手配する、と言った。

バラードは机に戻ると、レイプ犯たちに写真をとられていた可能性があるというシンディ・カーペンターからの電話を受けて以来温めていたアイデアを実行に移すことに決めた。

バラードはデスク・コンピュータに向かい、サインインして、原本の事件報告書と被害者補遺を呼びだす。シンディの元夫であるレジー・カーペンターの情報リストを見つけ、彼の名前を車両登録局のデータベースで検索した。いくつか該当項目がヒットしたが、ヴェニスにある住所が載っているのはひとつだけだった。そこに元夫が住んでいるとシンディは言っていた。それから彼の名前と生年月日を犯罪情報データベースに走らせ、レジナルド・カーペンターは、七年まえに飲酒運転での逮捕と暴行の記録があることがわかった。両方とも執行猶予がついて、それ以降、記録は綺麗なままのようだ。

バラードはシンディが元夫に関して記した情報シートに載っている電話番号にかけた。電話がつながると、バラードの耳に複数の声が入ってきた——複数の男女の声が背景に聞こえ、やがてそのひとりがもしもし、と答えた。

「カーペンターさん、こちらはロス市警のバラード刑事です。タイミングが悪かったでしょうか？」

「待ってくれ——おい、黙れ！　もしもし？　だれだって？」

「ロス市警のバラード刑事と申しました。少しお時間をいただけますか？」

「あー、いいけど、なんの用だい？」

バラードは情報を引きだせるかどうか確かめるため、芝居を打つことに決めた。

「あなたのお住まいの地域で発生した事件を捜査しています——住居侵入事件です」

「ほんとかい？　いつ？」

「昨夜です。午前零時を少し過ぎたころ――厳密にはきょうですね。その時間帯にご自宅にいらしたのかどうか、またお近くで怪しい行動を目撃されたのかどうかうかがいたくて、お電話しました」

「あー、いや。おれはここにいなかったんだ。かなり遅くなるまで家には帰らなかった」

「お近くにいらしたんですか？　ひょっとしてなにかを目にされて――」

「いや、近くにはいなかった。新年を祝うため、パーム・スプリングズに出かけていて、二時間まえに帰ってきたばかりなんだ。どこが入られたんだい？」

「ディープ・デル・テラス一一五です。犯人たちはその場所を事前に見張っていて――」

「ちょっとそこで止めてくれ。おれはもうディープ・デルには住んでいない。あんたの情報はまちがってる」

「そうですか。わたしのミスです。では、あなたはあの地域にいらっしゃらなかったんですね？」

「ああ、おれの元嫁がそこに住んでいる。だから、近づかないようにしてるんだ」

背後で笑い声が上がった。それにカーペンターは意を強くした。

「名前はなんと言ったっけ？」

「バラードです。バラード刑事」

「まあ、力にはなれんな、バラード刑事。あそこで起こったことは、もうおれの関心事じゃない」

レジナルドは、尊大な口調でそう答え、いっしょにいる人々からさらなる笑い声を引きだしていた。バラードは感情を表に出さない口調を保ち、時間を割いてもらった礼を告げて、電話を切った。自分がなぜこの電話をかけたのか、はっきりしなかった。シンディ・カーペンターが別れた夫の話をするときに感じ取れたなにかを利用しようとしていた。不安、ひょっとしたら恐怖の感情を示していたかもしれない口調だった。

コンピュータに戻り、バラードは郡裁判所システムのデータベースをひらき、ポータルサイトから、家庭裁判所部門に移動した。カーペンターの離婚記録を調べてみたが、予想していたとおり、その記録は非公開扱いで、結婚を解消するオリジナルの申立て書の最初のページしか読めなかった。これは異例なことではなかった。大半の離婚案件は非公開になっているのをバラードは知っていた。どちらの当事者も普通は相手にネガティブな非難の応酬をおこない、それらが一般に広まることは自分たちの評判を落とすことになりえた。とりわけ、証拠の提示がないときには。

バラードは限られた情報からふたつの事実をかき集めることができた。ひとつは、離婚訴訟はシンディが起こしたものだったということと、もうひとつはシンディの弁護士の名前と住所と電話番号だった。バラードは弁護士の名前——イヴリン・エドワーズ——をグーグルで検索し、家族法を専門にするエドワーズ&エドワーズ法律事務所のウェブサイトにたどりついた。そのウェブサイトによると、同法律事務所は、二十四時間態勢で休みなくサービスを提供していた。バラードはエドワーズの人物紹介ページを呼びだし、三十代後半のアフリカ系アメリカ人女性のほほ笑んでいる写真を目にした。バラードは二十四時間休みなしという同事務所の主張を試してみることに決めた。

離婚記録にあった弁護士事務所の電話番号にかけ、メッセージを残して下されば、ミズ・エドワーズからできるだけ早く折り返しのお電話をおかけしますという自動応答サービスにつながった。バラードはメッセージを残した。

「わたしの名前はレネイ・バラードです。ロス市警の刑事です。今夜、イヴリン・エドワーズに折り返し電話をいただきたい。エドワーズさんの依頼人のひとりが巻きこまれた暴力犯罪を捜査しているところです。電話を下さい、お願いします」

バラードは電話を切ると、しばらくのあいだじっと動かずに座っていた。エドワーズがすぐに折り返しの電話をかけてくることをなかば期待していた。とはいえ、そんなことはありそうにないとわかっていた。次の動きと、ミッドナイト・メンの三人の被害者から集めたデータを放りこんで相互参照するファイルの作成にとりかかる必要性を考えはじめた。

ノートパソコンに新規フォルダーを作ったが、それに名称を付けるまえに携帯電話が鳴った。イヴリン・エドワーズからだった。

「金曜日の夜にお邪魔して申し訳ありません」

「刑事さん、言わせてもらえば、あれはどんな夜でもかかってくるようなたぐいのメッセージじゃなかったわ。わたしの依頼人のだれが被害者になったんです？」

「シンディ・カーペンターです。二年まえにあなたが彼女の離婚訴訟を扱っている」

「ええ、彼女はわたしの依頼人でした。なにがあったんです？」

「住居侵入の被害者です。まだ捜査が進行中のため、詳しいことはお話しできません。ご理解いただければと願います」

一瞬の間があき、エドワーズが行間を読んだ。

「シンシアは大丈夫なの？」弁護士は訊いた。

「無事であり、よくなっています」バラードは言った。

「レジナルドにやられたの？」

「なぜそんなことを訊くんです？」

「なぜなら、彼女の離婚と彼女の別れた夫にこれがなんの関係もないなら、あなたがわたしに連絡してきた理由が理解できないから」

「わたしに言えるのは、現時点では彼女の元夫は容疑者ではないということです。ですが、徹底した捜査ではあらゆる可能性を検討します。それをわれわれはいまおこなっているところです。わたしは離婚記録を見て、それが非公開になっているのがわかりました。それであなたに連絡した次第です」

「ええ、記録は正当な理由によって非公開になっています。もしこの件であなたと話をすることになれば、わたしは裁判所命令に違反するのみならず、弁護士と依頼人間の権利と秘匿義務を破ることにもなるでしょう」

「それには回避策があるかもしれないと思いました。言ってみれば、その封印を破らずにあなたが依頼人と夫の関係について話をすることができるのではないか、と」

「シンシアに訊かなかったんですか？」

「訊きましたが、きょうのところは、彼女はその件を話すのを渋っていました。わたしは無理強いしたくなかったんです。彼女は困難な一日を味わったんです」

「あなたがわたしに話そうとしていないことはなんです、刑事さん？」

質問に答える代わりに質問をしたがるのがつねなのが弁護士というものだった。バラードは相手の質問を無視した。

「こういうことを話していただけますか……」バラードは言った。「記録を非公開にするよう判事に頼んだのはだれですか？」

長い沈黙が下り、エドワーズは答えられるかどうか判断しようと、法律のルールを検討しているようだった。

「わたしが判事に記録を非公開にするよう頼んだ、と言えます」やがてエドワーズは言った。「そしてその要請は公開法廷でおこなわれるのが普通です」

バラードはそのヒントを受け取った。

「金曜日の夜にその審問の反訳記録を手に入れることはできないとおわかりですね」バラードは言った。「たぶん月曜日でも無理でしょう。なぜ公開法廷で記録の非公開を判事に頼んだのか、その内容を要約して教えてもらうのはルールを破りますか？」

「まず依頼人に相談しない場合、わたしがあなたに言えるのはこれだけです」エドワーズは言った。「離婚の訴因には、カーペンター氏がわたしの依頼人に屈辱を与えるためにおこなった数々の行為の主張が含まれています。恐ろしい行為です。依頼人はその主張事項を公開記録にいっさい残したくなかったんです。判事は同意し、ファイルは非公開になりました――それがあなたに言えるすべてです」

「レジーは悪党なんですね？」

それは当て推量だった。バラードはひょっとしたらなんらかの反応があるかもしれないと期待していたが、エドワーズは引っかからなかった。

「ほかにわたしにできることはありますか、バラード刑事？」エドワーズは反応せずに、問うた。

「お手間をとらせました、ミズ・エドワーズ。電話をかけてきて下さってありがとうございます」

「どういたしまして。だれであれ、その犯行をおこなった人間をあなたが逮捕するのを願っています」

「そのつもりです」

バラードは電話を切った。椅子にもたれ、エドワーズからいま聞き取った情報と、レジナルド・カーペンターへの電話のことを検討した。バラードは、シンディ・カーペンターが別れた夫について話したときの様子に対して感じた直感以外にたいした理由もなく、一本の糸をたぐり寄せた。だが、今回の事件は三人の異なる女性を襲ったふたりの連続レイプ犯の事件だった。レジナルド・カーペンターが暴力的な夫であろうとなかろうと、この事件が彼に結びつくのは、現実的ではなかった。加えて、彼はパーム・スプリングズにいたと主張していた。それが裏付けのとれないことであれば、刑事にその話をするとはバラードには思えなかった。

それでも二本の電話から受け取った情報は、バラードの心に残り、彼女はどこかの時点で、シンディ・カーペンターに前夫のことで話をする必要がある、と判断した。それがシンディの明らかに避けたがっている話題であったにせよ。それまでのあいだに、バラードは事件の新しい焦点に戻ることにした——三人のすでに知られている被害者をつなぐ結びつきを見つけるという。

バラードは第二の被害者、アンジェラ・アッシュバーンに電話をかけ、あとで電子メールで送るつもりの調査票に記入してもらうよう説得した。アッシュバーンは、ボビー・クラインのような恐怖と動揺は示さなかった。暴行のことを思い返すことに気が進まないと言いながらも、最終的に、彼女はラムキン調査票にあした取り組むと約束した。あしたは仕事が休みだからという。バラードはアッシュバーンに礼を告げ、土曜日の午後、様子を確認する連絡を入れると伝えた。

バラードはノートパソコンでの作業に戻り、被害者から届くであろう情報を比較対照するためのファイルを設定しようとした。その作業に入ったとたん、机に置いていたローヴァーから自分のコールサインが聞こえた。その声のかすかな訛《なま》りから、リヴェラ警部補だとバラードはわかった。

「こちら、6・ウイリアム・26」

リヴェラが無線に戻ってくるのをバラードは三十秒待った。

「アダム・15から対応要請《コード6》、カーウェンガとオーディンの交差点」

これはパトロール警官が捜査の協力を必要としており、刑事の出動を要請しているという意味だった。どんな捜査なのか、どんな犯罪なのかは示されていなかった。バラードは事前に詳細を知らずに現場に出動を要請されることがたびたびあった。十回に九回は、実際には刑事は必要ではなく、要請はパトロール警官が自分たちの責任の一部を回避し、バラードに仕事をさせようという試みだった。今回の場合、アダム・15のパトカーに乗っているのは、ヴィテロとスモールウッドだとバラードは知っており、これがそういう機会のひとつだろうと予想した。だが、追加の情報を求めずにバラードはリヴェラに肯定的な返事をした。

「了解、６・ウイリアム・26」

バラードはノートパソコンを閉じ、ブリーフケースにしまうと、ローヴァーを掴んだ。それから裏の廊下を通って、分署の出入口に向かった。

14

分署の駐車場を出て、バラードは東へ一ブロック進み、消防署を通り過ぎてから、左折してカーウェンガに入った。その道はカーウェンガ・パスまでまっすぐ上っていき、そこへ近づいていくと、オーディンとの交差点に青い警告灯が見えた。バラードはパトカーのうしろに車を停めた。パトカーは黒っぽいクーペのうしろに停まっていた。ヴィテロとスモールウッドが二台の車のあいだに立っており、ひとりの男性がうしろ手で手首に手錠をかけられていた。

バラードはローヴァー片手に車を降りた。

「やあ」バラードは言った。「なにがあったの?」

スモールウッドが手錠をはめた男に聞かれぬようクーペの前方に向かい、バラードについてくるよう合図した。

「やあ、真鴨《マラード》、あんたのさがしていたクソ野郎のひとりを捕まえたぞ」スモールウッドは言った。

バラードは小さなイチモツという彼自身の名前が分署のなかでよりおもしろおかしく広まっている巡査《スモールウッド》による名前のおちょくりを無視した。

「クソ野郎って？」バラードは訊いた。

「ほら、タッグ・チームだ」スモールウッドは言った。「きのうの夜、犯行をおこなったレイプ犯たちだ。こいつはそのひとりだ」

バラードはスモールウッドの肩越しに手錠をはめられた男を見た。男は恥ずかしそうにうつむいていた。

「どうやってそうだとわかったの？」バラードは訊いた。「どうして彼の車を停めさせたの？」

「酒気帯び運転で停めたんだ」スモールウッドは言った。「だけど、後部座席の床を見てみた。令状かなにかが必要な場合に備えて、捜索はしなかったぜ。ドジは踏みたくなかった、わかるだろ？」

「あなたの懐中電灯を貸して。あの男と話をしたの？」

「いや、まったく。ドジは踏みたくない」

「ええ、それは聞いたわ」

スモールウッドはバラードに懐中電灯を渡し、バラードはクーペの側面に沿って歩き、窓から車のなかに光線を向けた。前部座席とセンターコンソールをざっと見てから、後部座席に移動した。助手席側の足置き場に、蓋のあいている段ボール箱がひとつあり、そのなかにダクトテープとブルーテープのロール、それにカッターナイフが入っているのが見えた。アドレナリンが分泌されはじめたのをバラードは感じた。

バラードは車のうしろへ進んで、手錠姿の男に明かりを向け、目をくらまして、強制的に顔を背けさせた。男は黒い巻き毛をして、三十代なかば、頬ににきび痕があった。

「あの、パトロール警官に停められたとき、あなたはどこから来ました？」

「マルホランドにいたんだ」

「飲酒していました？」

「仕事を終えたあとビールを二本飲んだ。マルホランドの展望台に車を停めていたときに」

バラードはかすかに訛りのある英語だと聞き取った。ミッドナイト・メンの被害者のだれも、レイプ犯が訛っていたとは言っていなかった。それでも、これが意図的なものである可能性をバラードはわかっていた。

「車を停められたとき、あなたはどこへいく予定でした？」

「あー、家に帰るところだった」

「それはどこです？」

ヴィテロが運転免許証をバラードに手渡した。バラードはそれに明かりを当て、男がそれとおなじ住所を口にするのを確認した。男は、ミッチェル・カー、三十四歳、ロス・フェリズのコモンウェルスに住んでいた。バラードは免許証をヴィテロに返した。

「コンピュータで調べてみた？」バラードは訊いた。

「交通違反が一件ある以外は、綺麗なものだ」ヴィテロが言った。

「ビールを二本飲んだだけだよ」カーが進んで答えた。

バラードはカーを見た。ベルトになにかをクリップ留めしているのに気づき、バラードはそれに明かりを当てた。格納式の巻き尺だった。アドレナリンの刺激が弱まりはじめた。これは当たりではない気がした。

「あなたはどこ出身？」バラードは訊いた。「元々」

「ニューサウスウェールズだ」カーは言った。「ずいぶん昔のことだけど」

ヴィテロはバラードに内緒話をするかのように身を寄せてきた。

「オーストラリアだ」ヴィテロは囁《ささや》いた。

バラードは片手を持ち上げ、相手に触れずに押し返す仕草をした。

「なにで生計を立てています？」バラードは訊いた。

「内装の仕事をしている」カーは言った。

「あなたはデザイナーですか？」

「いや、ちがう、インテリア・デザイナーのために働いている」

「たとえばどんな？」

「家具の配達や据え付け、絵を飾ったり、計測をしたり、そんな仕事を」

バラードは車のあいだに合流していたスモールウッドを見た。懐中電灯をスモールウッドに返し、カーに向き直った。

「車のなかにあるカッターナイフとテープでなにをするんです？」バラードは訊いた。

「家のなかで家具の寸法をテープを貼ってわかるようにしていたんだ」カーは言った。「そうすれば家のオーナーは、どこになにが置かれるのかわかる。どういう具合にはまるのか」

「それがマルホランドの家だったんですね？」

「実際には、アウトポストと呼ばれる通りだった。マルホランドのすぐそばだ」

「仕事に小型掃除機を持っていきますか？」

「どういう意味かな？」

「バッテリーで動く掃除機のようなもの――ダストバスター・タイプの」

「ああ。いや、まったく。わたしは家具の据え付けを監督するのであって、清掃は専門の人間がそのあとでやるのが普通だ」

「トランクを見せてもらってもかまいませんか、カーさん？」

「どうぞ。いったいわたしがなにをやったと思っているんです？」

バラードはその質問を無視して、スモールウッドにうなずいた。スモールウッドはあいている運転席側のドアのところにいき、数秒かけてトランクの開閉ボタンを探しあて、トランクをポンッとあけた。バラードが近寄って覗きこむと、ヴィテロがそれにつづいた。

「彼から離れないで」バラードは指示した。

「了解」ヴィテロは言った。

バラードはトランクを確認した。カーが言っていた職業用の道具が入っている蓋のあいた箱がさらにあった――テープのロール、さらなるカッターナイフ、ペンキや業務用の洗剤が入った小さな缶。小型掃除機もスキー帽も、あらかじめこしらえたアイマスクもなかった。

「ありがとうございます、カーさん」バラードは言った。

バラードはスモールウッドとヴィテロのほうを向いた。

「そしてわたしの時間を無駄にしてくれてあなたたちふたりにもお礼を言うわ」

バラードはふたりを押し退《の》け、自分の車に戻りはじめ、ローヴァーを口元に持っていき、通信センターに現場を離れる、と無線で伝えた。スモールウッドがあとをついてきた。

「マラード」スモールウッドは言った。「確かなのか?」

車に戻るまで、バラードはなにも言わなかった。ドアをあけながら、スモールウッドをにらみつけた。パトロール警官はまだ返事を待っていた。

「免許証で身長を確認した?」バラードは訊いた。

「い、いや」スモールウッドは答えた。

「百八十センチ。わたしたちがさがしているのは、およそ百六十七センチ、最大でも百七十三センチの男たち」

バラードは車に乗りこみ、サイドミラーを確認してから発進し、その場に立ち尽くしているスモールウッドを置いていった。

バラードはすでに外に出ていたので、暗闇の時間帯《ダーク・アワーズ》に状況がどうなっているのか確かめるためデルにいくという計画を遂行することにした。通りをゆっくりと車で進み、シンディ・カーペンターの家のまえを通り過ぎる。カーテンが引かれた向こうで、リビングルームの明かりが灯っていた。家の側面に沿って、来客用の寝室と思しきところに明かりが灯っているのも見た。シンディは、寝るためにその部屋に移動したのだろう、とバラードは思った。自分が襲われた部屋には入らぬようにして。これからずっとシンディは明かりを灯して寝るつもりなんだろうか、とバラードは思った。

徒歩で通りを行き来することに決め、バラードは車を袋小路まで進め、路肩に停めた。夜の冷気が元気な気分にしてくれるかもしれず、バラードはすべての物陰と暗い場所を見るつもりだった。

歩いていて最初に気づいたのは、この通りは静かなようだが、最寄りのフリーウェイ101号線からの背景音がはっきり聞き取れることだった。きょう、おなじフリーウェイを反対側から見渡すハリー・ボッシュの家の裏にあるデッキにいたのだが、車の騒音はここほど邪魔になるようなものではなかった。この地区は、ハリウッド・ボウル野外音楽堂の音もかすかに聞こえるだろう、とバラードは想像した。音楽堂はフリーウェイをはさんで真向かいにあった。その音は耳に心地よく聞こえてくるだろうが、パンデミックによる閉鎖から一年ちかく経ったいま、聞こえないのを残念に思われているだろう。

街灯は通りに途切れない光を提供するには、設置距離が離れすぎていた。暗闇の場所がところどころにあり、カーペンターの家もそのひとつで、最寄りの街灯――この宅地の東端にあった――が消えているせいで、より深い陰になっていた。バラードはヴァン・ヒューゼンの上着のポケットにつねに入れている小型懐中電灯を取りだし、街灯柱の上に付いている不透明なガラス球に光線を向けた。それはアンティークな街灯だった。犯罪の抑止効果としての明かりの必要性よりもデザインと美学に関心を持っている裕福なヒルサイド住宅地の住民たちに好まれているたぐいのものだ。丘陵地帯の裕福なコミュニティのなかにある住宅地の多くは、いまでもそうした街灯の淡い光に照らされていた。LAでは、街灯のスタイルや照度、数の決定は、住宅地の持ち家オーナーたちが構成するグループに委ねられていた。結果的に、街じゅうに何十種類ものさまざまなデザインの街灯があり、大半の持ち家オーナーたちの組合は街灯を現代化する動きに反対していた。

街灯の曇りガラスのカバーは、無傷のようだった。故障しているのか、いじられて壊れているのか、バラードには判別不能だった。バラードは懐中電灯の光を成型済みの石材でできた柱の根元に向けた。そこには照明の内部の配線にアクセスできる鉄のプレートがはまっていた。プレートをいじられた兆候をさがそうと、腰をかがめようとしたとき、バラードは背後からかけられた男性の声に驚いた。

「そいつはドングリだよ」

バラードはすばやく振り返り、両腕で小型犬を抱えている老人の目に光線を向けた。犬はチワワのようだったが、飼い主同様、年老い、衰えているように見えた。老人は片手を上げて光線を遮ろうとしたが、へたをすれば犬を落としてしまうのでそこまで高く上げることができずにいた。バラードは光を下げ、マスクを引き上げて、口元と鼻を覆った。

「すみません」バラードは言った。「驚いたので」

「いやいや、驚かせるつもりじゃなかった」老人は言った。「あんたがわれわれのドングリをしげしげと眺めているのを見たんだ」

「街灯のことですか？」

「ああ、わしらはドングリと呼んでいるんだ、あの光球の形から。ここじゃ、あの保存にとても気を遣っている」

「でも、この街灯はちゃんと機能を果たしていませんね」

「BSLに連絡済みだよ。わしが自分で連絡したんだ」

「この通りにお住まいですか？」

「ああ、そうだよ。五十年以上になる。往時の隠者ピーターを知っているくらいだ」

バラードは老人が話しているのがだれなのか、あるいはなんなのか、見当もつかなかった。

「わたしは警察官です」バラードは言った。「刑事です。あなたは夜によくこの通りを散歩していますか？」

「毎晩。このフレデリックは歩くには年を取りすぎたので、わしが運んでやってるんだ。こいつはそれを気に入っていると思う」

「この……ドングリが……消えているのをいつ連絡しました？」

「きのうの朝だ。祝日になるまえに直してもらいたかったんだが、やってくれなかったな。だけど、わしは言ってやった、あんたんとこの人間が壊したんだから、ここに戻ってきて、直せ、と。後回しにされたくなかった。BSLがどんなふうに働いているのか、知っとるんだ」

「あの、ＢＳＬとはなんです？　で、だれがなにを壊したんですか？」

「街灯整備局《ビュロー・オブ・ストリート・ライティング》のことだ。だが、わしに言わせれば、くだらない嘘《ブル・シット・ライズ》ばかりという意味だ。あそこは街灯を保全することになっているんだが、歴史には無頓着だ。あるいは、美には。市全体をおなじ形にしたがっている。大きな鉄柱から醜いオレンジ色の明かりを放つやつに。ナトリウム灯だ。だから、わしらの街灯の破壊工作をしとるんだ、あえて言うならば」

その瞬間、バラードはこの老人に非常に興味を覚えた。

「あなたの名前をお聞かせ下さい」

「ジャックだ。ジャック・カーシー。ハリウッド・デル管理組合街灯委員会の会長だよ」

「これが消えているのにいつ気づきました？」

「水曜日の夜の散歩中だ――おとといだ」

「で、破壊工作がされたとあなたは思っている？」

「されたとわかっとるんだ。あいつらがヴァンに乗ってここに来たのを見たんだ。街灯のねじを外すのに必要なＢＳＬの人間は何人だと思う？　答えはふたりだ。あいつらがここに来て、その夜、この街灯が灯らなくなったんだ」

バラードは懐中電灯の光を地面に向けていた。いまその光線を街灯の根元にあるアクセス・プレートに再度向けた。

「ここで彼らは作業していたんですか？」バラードは訊いた。

「そのとおりだ」カーシーは言った。「わしがフレデリックを抱えてここにやってくるころには、連中は帰り支度をしていた。わしはあいつらに手を振ったが、無視して走り去っていった」

「ふたりのどちらかを見ましたか？」

「ろくに見ていない。運転していたやつは白人だった。赤毛だった。それは覚えている」

「もうひとりはどうでした？」

カーシーは首を横に振った。

「運転していた人間だけ見ていたんだと思う」

「彼らのヴァンについて教えて下さい。どんな色でした？」

「白だな。ただのヴァンだ」

「なにかマークは付いていましたか——ビュロー・オブ・ストリート・ライティングの文字とか、市章とか、なにか？」

「あー……そうだ、見たぞ。BSLだ――わしのそばを通り過ぎていったとき、ドアに付いていた」

「その文字を見たという意味ですか――BSLと?」

「ああ、ドアに」

「どんな種類のヴァンだったか教えてもらえますか?」

「はっきりとはわからん。連中の作業用ヴァンの一台だった」

「たとえば、フロントシートのあいだにエンジンが載っている古いスタイルのヴァンのような平らなフロントでしたか? あるいは、勾配のあるフロントに近かったですか――比較的新しいヴァンのように?」

「ああ、勾配のあるフロントだった。新しいようだった」

「窓はどうでした? サイドに窓が並んでいましたか? それとも、いわゆるパネル・ヴァンでした?」

「パネルだ。あんたはヴァンに詳しいな、刑事さん」

「まえにも出てきたので」

バラードは人生において何台ものヴァンを所有していて、複数のサーフボードを運んでいたことをわざわざ話しはしなかった。

バラードはふたたび柱の根元にあるプレートに懐中電灯の光を当てた。プレートをふたつのねじで留めているのがわかった。バラードは車に置いたナップザックのなかに基本的な工具セットを入れていた。

「カーシーさん、あなたはどこにお住まいですか？」バラードは訊いた。

「この通りを下った端だよ」カーシーは言った。「交差点のところだ」

カーシーは具体的な住所を言い、ここから四軒下の次の街灯が立っている住居を指さした。バラードはそこが、きょうノックしてまわってだれも応じなかった家の一軒だと了解した。

「きょう、あなたは外出してましたか？」バラードは訊いた。「あなたの家のドアをノックしたんです」

「ああ、わしは店に買い物に出ていた」カーシーは答えた。「それ以外はずっと家にいた。なぜノックしたんだね？　なにがあったんだ？」

「昨夜、この通りで住居侵入事件があったんです。わたしはその捜査をしています。この街灯は、犯人たちに消されていたのかもしれません」

「ああ、なんてこった。だれの家だね？」

バラードはカーペンターの家を指さした。

「あの家です」

「事態が落ち着きはじめたところだったというのに」

「それってどういう意味です？」

「うむ、あそこにはひとりの男が住んでいた。その男はやかましいやつで、しょっちゅう怒鳴っては、物を投げ散らかしていた。いわゆる、気が短い男だ。やがて彼女がそいつを追いだし、また静かになったんだ。平和になった」

バラードはうなずいた。自分がこの通りにいるあいだにカーシーが犬を連れだしたのはどれほど幸運なことか、徐々にわかりはじめた。彼の情報は重要だった。

「昨晩、この地区でなにか普通ではないことに気づいたりしませんでしたか？」バラードは訊いた。

「昨晩かね……いや、なにもなかった」カーシーは言った。

「八時かそれ以降になにもなかったですか？」

「なにも思い当たらないな。すまんね、刑事さん」

「かまいません、カーシーさん。突き当たりに停めているわたしの車から、道具を取ってくるつもりです。このプレートをあける必要があります。ちゃんと元に戻します」

「フレデリックをベッドに戻さないとならんな。疲れやすいんだよ」

バラードはなにか追加の質問をしたくなったり、ヴァンの写真を見せたりする場合に備えて、カーシーの電話番号を訊いた。

「ありがとうございます、カーシーさん」バラードは言った。「おやすみなさい」

「あんたもな、刑事さん」カーシーは言った。「グッドナイト、そしてご安全に」

カーシーは背を向け、通りを下っていった。腕に抱いた飼い犬をあやす言葉を囁きながら。

バラードは通りを歩いて上り、車のところにいくと、なかに入り、暗くなった街灯の場所まで車で下った。トランクをあけ、ナップザックに入れているプラスチック製のミニ工具箱をあけた。手袋をはめてから、ねじ回しを持って、街灯のところに戻り、すばやくアクセス・プレートを外した。ねじはきつかったが、簡単にまわった。本質的にアンティークなものと予想していたがちがっていた。パシフィック・ユニオン・メタル・ディビジョンというメーカーの名前がプレートのタグに刻まれているのに気づく。

プレートを外すと、懐中電灯の光を内部に向け、街灯柱のなかを走って光源までつながっている金属製の電線管からぶら下がっている電線の束が目に入った。電線の一本が切断されており、その銅の中央部が懐中電灯の光を受けてまだ明るく光っていた。銅線は劣化も酸化もしておらず、最近切断されたことを示していた。

バラードは疑わなかった。ミッドナイト・メンが水曜日にこの電線を切って照明を殺し、木曜の夜に戻ってきてシンディ・カーペンターの家に侵入し、彼女をレイプしたのだ。犯人たちは、ジャック・カーシーに幸運な出会いをしたバラードと異なり、不運な出会いをしていた。カーシーは彼らを目撃したうえに、街灯についてかなりの知識があった。赤毛のヴァンの運転手がいたというカーシーの簡単な描写は、襲撃者のひとりについてのシンディの描写と一致していた。

バラードは車両停止で呼びだしたスモールウッドとヴィテロをばかにして、申し訳ない気持ちになっていた。もし彼らがそれをしなかったら、バラードはタイミングよくこの地区に車を走らせ、ジャック・カーシーに出会うこともなかったかもしれない。まるで彼らがどういうわけか味方してくれたかのように感じられ、いまやバラードはミッドナイト・メンに一歩近づいていた。

アクセス・プレートを元に戻してねじを締めると、バラードは自分の車に向かった。南へ車を走らせ、最初のふたりの被害者宅の外にある街灯を調べたかった。

15

先の二件のミッドナイト・メン事件が起こった場所にある街灯は、すべて明るく輝いていた。しかしながら、市の街灯プログラムの多岐にわたる種類の直接的な例を手に入れた。二本の通りには、異なるスタイルの光球と街灯柱が設置されていた。一本の通りは、装飾的な鉄柱と光球二個からなる街灯であり、もう一本の通りは、単純なドングリ形の光球だった。バラードは自分が夜勤シフトで働く刑事でありながら、居住区ごとの街灯の違いに一度も気づかなかったことで自分に腹を立てた。つねに観察眼を鋭くしておき、違いを生じさせる細部をさがすことというきまじめに役立った。

バラードは道路の片側に車を寄せて停め、ビュロー・オブ・ストリート・ライティングの住所を調べていると、夜勤刑事の出動要請がまたかかってきた。ガウアー・ストリートの高架交差路《オーバーパス》の下で起こった死亡案件に対応しなければならなかった。最寄りのBSLオフィスの住所をメモして――オフィスはいたるところにあった――ガウアーに向かって車を発進させた。自分がハリウッドでもっとも混み合い、もっとも醜いホームレス・コミュニティのひとつに向かっている、とわかっていた。パンデミックのあいだにそこはテントがいくつかあるところから、テントや差しかけ小屋やその他の寄せ集めの建造物――驚くほどの創意工夫で建てられたものすらあった――からなる大規模なコミュニティに育っていた。少なくとも百人のホームレスが住む場所になっていた。過去十ヵ月のあいだに、バラードは、分署のパトロール警官たちによって、ガウアー・薄気味悪い場所《グリム》と名づけられたホームレス・ゾーンの死亡案件現場に二度呼びだされていた。そのうち一件はＣｏｖｉｄ19に由来するもので、もう一件はオピオイドの過剰摂取によるものだった。

　バラードはハリウッド大通りから向かった。地形は、デルの東にあるヒルサイドの共同体であるビーチウッド・キャニオンに向かって徐々に上っていった。二台のパトカーの警告灯が見えており、パトロール隊の巡査部長が現場にいることをバラードに告げていた。バラードは一台のパトカーのうしろに車を停め、二名の二級巡査《P2》とスペルマン巡査部長が輸送用パレットで側面を作った小さな立方体住居の外に集まっているのを見た。フリーウェイの高架交差路を支えているコンクリート壁にだれかが「ノーマスク、ノーワクチン、ノープロブレム」というスローガンをスプレーペンキで書いていた。

バラードはマスクを引き上げ、車を降りると、同僚警察官たちのグループに加わった。

「バラード」スペルマンが言った。「この件で署名してもらう必要がある。またしても過剰摂取だ。フェンタニルみたいだ」

バラードは殺人事件チームを呼びだすか、これを事故死、すなわち、検屍局が好んで使うフレーズでは、〝偶発事故による死〟として処理するかを判断するため、ここに呼ばれていた。バラードの判断によって、真夜中に刑事たちと鑑識チームが呼びだされ、殺人事件捜査のでかい装置が始動するかどうか決まるのだった。

P2は、ラ・カストロとヴァーノンだった。ふたりとも仮採用の一年を終えたばかりで、ヴァレー地区の静かなデヴォンシャー分署からハリウッド分署に新しく配属された新米だった。彼らは、いったんパンデミックが収まったらハリウッドに戻ってくるはずの、攻撃にさらされやすく敵意にみちた環境をまだ経験していなかった。

バラードは手袋をはめ、ミニ懐中電灯を取りだした。

「見せてちょうだい」バラードは言った。

ドアがわりに用いられている青いビニールシートが、仮設小屋の上にまくり上げられていた。バラード以外の人間がなかに入れるようなスペースはなかった。古い郡刑務所の囚房よりも狭かった。地面には汚れたマットレスが置かれていて、服をちゃんと着て、髪の毛はとかしていないままだらしなくひげが伸びた男の死体が載っていた。男は三十代に見えるけれど、たぶん二十代だろうとバラードは見積もった。麻薬の使用と路上生活が男の肉体を老化させていた。仰向けになっており、両目を大きく見ひらいて、上を見ていた。屋根はなかった。八メートル弱上にフリーウェイの鋼鉄製の下部があった。車が通るたびゴロゴロ音がしており、真夜中だったが、フリーウェイを通る車の流れは途絶えなかった。

バラードはしゃがんで、懐中電灯の明かりを死体により近づけて動かした。唇は青みを帯びた紫色で、口がわずかにあいていた。唇やひげ、それから死んだ男の右耳の横のマットレスに乾いた黄色っぽい嘔吐《おうと》のあとが見えた。明かりを死体に沿って動かし、両手の指がてのひらに向かってきつく丸まっているのを心に留めた。

一台のトラックが重たい音を立てて頭上を通り、側面のパレットを揺らした。バラードは明かりを動かして、死んだ男が潰した段ボール箱をパレットに釘づけすることで自分の家の防音措置を講じていたことに気づいた。元は液晶ＴＶが入っていた段ボールを見た。そこに描かれていたものは、男が汚れたマットレスから見える位置に置かれていた。

マットレスの上とまわりにはゴミが点在していた。ひっくり返った箱、裏返された汚れたバックパック、街角で集めた硬貨が入っていたかもしれない空のマヨネーズ壜《びん》。そこになにが入っていたにせよ、いまではなくなっていた。ガウアー・グリムの仲間の住民たちが、警察に通報するまえに死んだ男の所持品を漁《あさ》ったのは確実だった。

現場でこのホームレスの死因を過剰摂取だと判断するのは難しかった。捜査員の役に立ってくれるような空になったり、中身が半分残ったりしている錠剤壜はなかった。ホームレス・キャンプの麻薬中毒者たちは、予備の薬剤を抱えるぜいたくをする余裕がないし、仮に余裕があったとしても、警察が現場に到着するまでにとっくになくなってしまうだろう。だが、よくあることだが、彼らの命を奪った錠剤が彼らの購《あがな》えた最後の錠剤である、とぎりぎりの生活から判断できる。この男の死因は、解剖と毒物検査によって確実に決定されるだろうが、いまバラードは装置を始動させるかどうかの判断をしなければならなかった。軽々に下せる判断ではなかった。安全なのは、つねに殺人事件担当を呼びだすことだ。だが、それは狼が出たぞと言いふらすことになりかねない。それが仲間うちでの不満を生みはじめ、最終的にバラードへの不信感につながりかねなかった。深夜勤務で四年以上勤めたなかで、バラードは殺人事件担当を呼びだした経験は数回しかなく、一度も間違えたことはなかった。

バラードは立ち上がり、表に出た。青いストライプが側面に走っている検屍局の白いヴァンが入ってくるのが見えた。

「で？」スペルマンが訊いた。

「パープル・ヘイズ」バラードは言った。

「それはなにを意味しているんだ？」

「ジミ・ヘンドリックスは、多すぎる錠剤を摂取したあと、自分の吐いたもので窒息死したの。おなじことをこの男もした。だれか身元を確認した？」

スペルマンは笑い声を上げはじめた。

「そいつはいいな、バラード」スペルマンは言った。「それを覚えておこう」

バラードはそのフレーズを使ったことをすぐに後悔した。冷笑的なフレーズであり、いま、この冷笑的なパトロール隊巡査部長がそれをまた使うつもりでいる。次々と伝わっていき、市警にあらたな冷笑の層を積み重ねてしまうだろう。

「IDは？」バラードは促し、話題を本来のコースに戻そうとした。

「いいえ、IDは見つかっていません」ラ・カストロが言った。「訊きまわったんですが――ここにいる連中はこの男をたんにジミーの名で知っていました」

「なんてこった！」スペルマンが言った。「まさにパープル・ヘイズで正しいんだ」

スペルマンは心置きなく笑い声を上げるため、マスクを引き下げようとして、向こうを向いた。バラードは何人かのホームレスが、自分たちのテントや差しかけ小屋の入り口からこっちを見ているのがわかった。バラードは巡査部長を笑わせることになったジョークの発案者として、彼らのうつろな目が自分に向けられているのを感じた。

バラードは続く三十分間、現場に留まり、その間、検屍局の調査官がバラードとおなじ概観をおこない、おなじ結論に達した。今回の死亡案件は殺人とは決定されなかった。待っているあいだに、バラードはローヴァーを使って、携帯式親指リーダーを持っているパトロール・ユニットの派遣要請をした。もし死んだ男がカリフォルニア州の運転免許証を取得したり、逮捕され拘置所や刑務所に送致される手続きを取られたりする際に親指の指紋を提出したことがあれば、彼の身元は明らかになるだろう。リーダーは高価なもので、すべてのパトカーや刑事に支給されてはいなかった。

リーダーが届くと、バラードは死んだ男の小屋に入り、彼の右手親指を画面に置いた。結果はネガティブだった。該当者なし。男はシステムのなかにいなかった。これは異例なことだった——ほとんど聞いたためしがなかった——ホームレスの麻薬常用者にしては。バラードはもう一度男の親指を読み取ってみたが、結果はネガティブだった。これは検屍局が男の身元確認のためより深い調査をおこない、近親者通知をおこなわねばならなくなるだろうということだった。もしそれに失敗すれば、男の遺体は一年間冷蔵庫に保管されたのち焼却され、遺灰はイーストLAのエヴァーグリーン墓地に無名のまま埋葬されるだろう。

　死体が青いストライプの入ったヴァンに載せられると、バラードは分署に戻り、当直の終わるまえに書類仕事を片づけにかかった。まずミッドナイト・メン捜査の時系列記録を更新し、それから身元不明男性の死亡案件の報告書を書き上げた。現場にいた検屍局調査官から、男性は本当の身元が判明するまで記録上、ジョン・ドゥ21-3と仮称されることを聞いていた。その数字は、新年に入ってたった二十四時間かそこらしか経過していないのに、すでに三名の身元不明死体が検屍局の大霊廟《ビッグ・クリプト》に入っているという意味だとバラードは了解した。死んでいてすら、この街にはそれほど多くの名前のわからぬ、大事にされない人間がいるのだ。

　書類仕事が片づくと、バラードは報告書を印刷し、刑事部の警部補宛メールボックスにコピーを入れた。警部補は仕事に戻ってくる予定の月曜日まで報告書を目にすることはないだろう。バラードはまた、更新した時系列記録をリサ・ムーアにメールした。これは必要なことではなかったが、バラードは、性犯罪専門捜査員であるムーアに、彼女の協力抜きでどこまで捜査を進めたのか見てもらいたかった。

書類仕事は、午前六時のシフト終わりまでかかった。だが、もう一時間潰さねばならなかった。バラードは七時に開店する〈ネイティヴ・ビーン〉に立ち寄りたかったからだ。電子メールをチェックし、ネットサーフィンをしてその時間を潰した。まず、検索エンジンに〝隠者ピーター〟を入れてみた。彼がデルの伝説的住人だったのがわかった。彼はアイヴァー・アヴェニューに住んでいて、長い白髪とひげをはやし、その外見によって、一九二〇年代や三〇年代に聖書テーマの映画で仕事を手に入れていた。また、ハリウッド大通りでキャラクターに扮《ふん》する仕事をした最初のひとりに認められており、聖書に出てくるようなローブを着て、観光客向けにポーズを取り、チップを手に入れていた。彼は亡くなった一九六〇年代にはデルで主役級の人間になっていた。

次に気がつくと、ワグズ・アンド・ウォークスのウェブサイトにいき、最新の保護犬情報を調べていた。バラードは八ヵ月まえに骨肉腫で亡くなった愛犬ローラの死をまだ悼んでいた。気がつくと保護犬のサイトを調べていて、写真を見て、家に連れ帰ることを考える頻度が増していた。ローラはピットブルのミックスで、その見た目がヴェニス・ビーチにいる人を何人もビビらせていた。パドルボードに乗って海に出ても、ローラをテントのそばに残していれば手荷物を心配する必要はなかった。

だが、新しいマンションに住んでいるいま、飼育可能なペットの体重制限があり、バラードは用心棒がわりというよりも仲間としての動物をさがしていた。

写真をスクロールして、添付されている物語をいくつか読んでいった――いずれも犬の視点から書かれたものだ。最終的にピントにたどりついた。黄金色の目と真摯な表情をしたチワワのミックスだった。家を必要としている犬の陳列写真にピントが二週間まえにはじめて姿を現したとき、バラードの目を捉えたのだった。彼はまだ保護施設にいて、まだ引き取り可能だった。

バラードは壁の時計を見上げた。コーヒーショップを開店しようとしているシンディ・カーペンターに会いにいく頃合いだった。もう一度、ピントに目を向ける。彼は茶色と白の体毛で、純粋なチワワよりも鼻が長かった――ジャック・カーシーが運んでいた犬、フレデリックに似ていた。バラードはピントの写真の下にあるボタンをクリックした。すると、電子メール・フォームが現れた。バラードは、「ピントに会いたいです」と入力した。逡巡したが、それも一秒か二秒のことで、自分の携帯番号を付け加えると、送信ボタンをクリックしていた。

分署の駐車場を横切って自分のディフェンダーに向かうときには、くたくたに疲れていた。だが、ピントに期待していた。

最後に睡眠から目覚めてからの時間を数えてみると、ほぼ丸一日が経過していた。ボードをサンセット・ブレークに持っていき、太平洋に疲れを癒してもらいたかったが、睡眠が絶対に必要だとわかっていた。〈ネイティヴ・ビーン〉に立ち寄り、シンディの様子を確認してから、マンションに帰って、少なくとも昼まで眠るのだ。バラードは分署の駐車場から車を出し、サンセット大通りに向かった。そこにたどりつくと右折してまっすぐヒルハースト・アヴェニューに向かった。

バラードは午前七時に〈ネイティヴ・ビーン〉に到着し、テイクアウト窓にすでに四人が並んでいるのを見た。向かいの通りに車を停めると、マスクを引き上げ、外に出た。

バラードの順番がまわってくると、対応してくれたのはシンディではなかった。バラードがカフェイン抜きのブラックコーヒーを注文したところ、後ろの方で飲み物を作っているシンディの姿が見えた。バラードはシンディに声をかけ、手を振った。

「少し時間がある？」

「あー、いますぐはむり――この注文を先に出させて。店の横にテーブルがあるわ」

バラードはお洒落《しゃれ》なコーヒー混合飲料を注文しなかったので、自分のカップをすぐに受け取れた。それを持って建物の横にまわったところ、交差点の歩道に沿ってスペースをきちんとあけて置かれている四つのテーブルがあった。バラードは店の通用口の隣にあるテーブルに腰を下ろして、待った。カフェイン抜きとはいえ、買ったばかりのコーヒーを飲みたくなかった。眠れるような状態でいたかった。

カーペンターはおよそ五分後、自前のコーヒー・カップを持って、出てきた。

「ごめんなさい、忙しくて」

カーペンターはテーブルをはさんでバラードの向かいに座った。顔の痣が広がっており、濃い紫色に変わっていた。擦り傷はかさぶたができかけていた。

「問題ないわ」バラードは言った。「ここに来ると言ってなかったもの。あなたの様子を確認し、どうしているか見てみたかっただけ」

「あたしは大丈夫」カーペンターは言った。「たぶん。あんなことがあったわりには」

「ええ、あなたはだれも経験すべきではないことを味わった」

「なにかニュースはある？　あなたは――」

「いいえ、あまりない。つまり、まだ逮捕はない。捕まえたら、昼であろうと夜であろうとすぐにあなたに連絡します」

「ありがと」

「調査票に取り組む時間はあった？」

「ええ、でも、まだ書き終わっていない。たくさん質問項目があるから。ここに持ってきてるから、午前中のラッシュが済んだら、とりかかるわ」

それが合図になったかのように、店の引き戸があいて、窓口でバラードの注文を受けた女性が身を乗りだした。

「注文が入ったの」女性が言った。

「わかった」カーペンターが言った。「すぐ戻る」

従業員はドアをバタンと閉めた。

「ごめんなさい」カーペンターは言った。「なかに戻らないと」

「かまわないわ」バラードは言った。「調査票を書き終わったら、話をしましょう。ほかになにか思いだしたことがないかどうか訊ねたかっただけ。ほら、あなたは写真のことを思いだした。だから、もっと詳細を思いだしたかどうか知りたかったの」

カーペンターはテーブルから立ち上がった。

「いえ、なにも」カーペンターは言った。「ごめんなさい」

「かまわない。謝ることはなにもないわ」バラードは言った。「だけど、急いで言うけど、あとひとつだけ。あなたの近所の人が、あなたが襲われるまえにあの通りに白いヴァンが来ていたのを目撃しているの。ふたりの男性で、街灯の工事をしていることになっていたけど、その街灯は確かに切れていた。わたしはその現場にいった。だから、それはやつらだと思う。やつらはあなたの家の外がふだんより暗くなるように街灯がつかないようにしていた」

「なんておぞましい」カーペンターは言った。「それは確か？」

「ビュロー・オブ・ストリート・ライティングに訊いて、あそこに人を派遣したかどうか確かめるつもりだけど、たぶんそんなことはしていないと思う。街灯柱のなかの電線の一本が切断されていた。とにかく、訊いてみたかっただけ。だれか白いヴァンを持っている知り合いはいない？」

「えーっと、いないわ」

「わかった。じゃあ、仕事に戻ってちょうだい」

カーペンターが店のなかに戻ると、バラードは立ち上がり、口をつけていないコーヒーをゴミ箱に放りこんだ。眠る時間だ。

16

携帯電話の呼びだし音が眠っている耳に染みこんできて、バラードを水の夢から引き上げた。安眠マスクを額に押し上げ、電話に手を伸ばす。ボッシュが電話をかけてきたのを確認したところ、まさにちょうど正午だった。

「ハリー」

「クソ、寝ていたんだな。ちゃんと起きてからかけ直してくれ」

「起きた、起きてるって。どうしたの？」

「結びつきを見つけたと思う」

い、結びつきという言葉をボッシュが使ったことで、バラードはミッドナイト・メンの被害者たちを思った。それはヘトヘトに疲れて、ボッシュにたったいま起こされるまでの深い眠りに送りこまれる前に追いかけていた事件だった。バラードは掛け布団をはねのけ、足をベッドの端に投げだすと、座っている姿勢に体を引き上げた。

「ちょっと待って」バラードは言った。「なんの話？　三人の女性たちを結びつけたの？　どうやって――」

「いや、そちらの女性たちの話じゃない」ボッシュは言った。「殺人事件だ。ハビエル・ラファとアルバート・リーの」

「ああ、そうね、わかった。ごめんなさい。ちゃんと目を覚まさないと」

「いつ寝たんだ？」

「八時くらい」

「それでは十分じゃない。寝直して、あとから電話してくれ」

「いえ、もう眠れないわ。ずっと事件のことを考えてしまう。話してほしい、お腹空《なかす》いてる？　きのうなにも食べてないの。なにか持ってそっちの家にいけるけど」

「ああ、そうだな。もしそれでいいなら」

「いいわよ。なにを食べたい？」

「わからん。なんでもいい」

「シャワーを浴びてから出かける。〈バーズ〉のなにを食べたいのかメールして。途中にある。メニューはオンラインに出てる」

「自分がなにを食べたいのかわかってるよ。ベークド・ビーンズとコールスロー付きのクォーター・チキンだ。それにレギュラー・バーベキュー・ソースをいつも選んでる」

「忘れないようとにかくメールして」

バラードは電話を切り、しばらくベッドに座りこんだまま、ボッシュの助言を聞いて、寝直すべきかどうか考えた。振り向いて、枕を見た。夜勤を四年以上つづけ、週に四晩、午後八時から午前六時まで働いてきたことで、眠りをごまかすとひどい結果になりうるのを学んでいた。

ベッドから自分を押し上げると、バスルームに向かった。

一時間後、バラードはボッシュの家のまえに車を停めていた。ノートパソコンと〈バーズ〉で買った食べ物を入れた袋を携えていた。レストランはバラードのマンションからほんの数分の距離にあり、パンデミック期間、テイクアウトを買う行きつけの店になっていた。そこはバッジを付けている人間にはだれにでも割引き特典を付与していた。その特典を受けられることになっているのはロス市警の警官に限らなかった。

ボッシュは袋をバラードから受け取り、ダイニング・テーブルに置いた。ボッシュはノートパソコンとプリンターと書類が散らかっているテーブルを片づけてスペースをあけていた。ボッシュは食べ物が入っているカートンを袋から取りだしはじめた。

「あなたとおなじものを買った」バラードは言った。「簡単に済ませるために。食べるときマスクを外してかまわない？　わたしには抗体ができている。できているはず」

「ああ、かまわん。いつかかったんだ？」

「十一月」

「どれくらいひどかった？」

「数週間寝こんだけど、ほかの人たちよりは運がよかった。新しい大統領がワクチン接種を急いで進めさせると思う？　いまのところ署内で接種を受けた人間はいないんじゃないかな」

「そうなったらいいな」

「あなたはどうなの？　受ける権利がある」

「おれはこの家から出ていない。ワクチンを打つために外出するほうが危険かもしれない」

「予約するべきよ、ハリー。大事《おおごと》にしないで」

「まるでうちの娘みたいな口ぶりだな」

「まあ、娘さんの意見は正しいわ。マディはどうしてる?」

「問題ない。ポリス・アカデミーで元気にしているし、ボーイフレンドができた」

ボッシュはそれ以上なにも情報を提供せず、それはボッシュがあまり娘と会っていないという意味だと推測した。それを気の毒に思う。

ふたりは料理が入っている区切られたカートンから取りだして食べた。ボッシュはあらかじめ本物の銀器を並べて用意していたので、プラスチック製のものは袋のなかに入れたままにした。

「昔は警官向け割引きをしてくれていたんだ」ボッシュは言った。「〈バーズ〉では」

「いまでもしてるよ」バラードは言った。「客として警官が来てくれるのを歓迎している」

バラードはバーベキュー・ソースにたっぷり浸《つ》かった回転肉焼き器で焼いた鶏肉《とりにく》の最初の一口を味わう時間をボッシュに十分与えた。歯を当てるたびに口元にナプキンを持っていくことになるたぐいの料理だった。

「で、あなたが見つけた結びつきのことを話して」バラードは言った。

「おれが持っているのは、オンラインで入手できる公の記録だけだ」ボッシュは言った。「州に提出された企業記録。確認するには、きみのアクセス権で深く潜る必要があるだろう」

「オーケイ、で、わたしはなにを確認することになるの？」

「アルバート・リー事件で起こった売掛債権買取金融《ファクタリング》に似ていると思う。自動車修理店の経営権は、店がある地所の権利を含め、三年まえにハビエル・ラファから、ラファと共同経営者が所有している会社に移されていた」

「共同経営者は何者？」

「デニス・ホイルという名の歯科医だ。シャーマン・オークスに医院がある」

「またあらたな歯科医ね。歯科医デニス。アルバート・リー事件の歯科医は、マリーナ・デル・レイで開業してたでしょ？」

「ああ、ジョン・ウイリアム・ジェイムズだ」

「ホイルとジェイムズのあいだになにか関係は？」

「そこが結びつきだ」

バラードはボッシュがなんであれ自分が見つけたものと、自宅を離れもせずにそれを見つけたことを誇らしく思っているのがわかった。自分がボッシュの歳《とし》になって事件を調べているなら、そうした特別な力を持っていたいと願った。

「話して」バラードは言った。

「わかった、まず、ホイルとジェイムズが歯科医であることからはじめよう」ボッシュは言った。「まったく異なる歯科医療の実践だった。ジェイムズ、彼はマリーナ・デル・レイで開業しており、顧客はそこに住む裕福な連中だった――有名人や独り身の人間、俳優などなど。きみの事件の関係者であるホイル、彼はヴァレー地区で開業している。異なる客層だ。たぶん家族向けの商売という側面が強いだろう。それゆえ、ふたりの歯科医はけっして出会いそうにない、そうだろ?」

「かもね。ひょっとしたら同業者の組合かなにかで知り合いだったかも。ほら、ロサンジェルス抜歯協会とかそんなもので」

「近い。この連中――歯科医――は、歯冠をかぶせたり、インプラントやなにかを埋めこんだりする際、大半の歯科医はそうしたものを自分たちのところでは作っていないんだ。患者の歯の型を取って、それを歯冠や入れ歯を製造している歯科技工所に送り届ける」

「ふたりはおなじ技工所に送っていた」

「ふたりはおなじ技工所のオーナーだった。ふたりは共同経営者だった――だれかがジェイムズを殺すまでは。全部、州の企業記録に残っている。だれかが時間をかけて持ち株会社の迷宮のなかを追いかければ、そこにちゃんとあるんだ」

「で、あなたはその時間をかけた」

「ほかになにをおれがするというんだ？」

「フィンバー・マクシェーンを追いかけるとか」

「フィンバーは白鯨だ。きみが自分でそう言ったんだぞ。だけど、この情報はどうだ？　これは本物だぞ」

ボッシュはナプキンを丸めたもので両手を綺麗に拭うと、テーブルの端にある書類の束に手を伸ばした。バラードはいちばん上の紙にカリフォルニアの州章がついているのを見た。

「で、あなたは印刷していたのね」バラードは言った。「午前中いっぱいかかったでしょう」

「フン、言っとけ」ボッシュは言った。「これはクラウン・ラボ株式会社と呼ばれるジョイントベンチャーの法人設立申請書だ。バーバンクの空港のそばに位置している。四つの異なる企業がここを所有しており、それをたどっていって、四人の歯科医にいきついた——ジェイムズ、ホイル、そしてジェイスン・アボットとカルロス・エスキベルという名のふたりだ」

「もし八年まえに死んだなら、どうしてジェイムズがまだ所有しているの？」

「ジェイムズの会社は、ＪＷＪベンチャーズという名前だ。企業記録によると、その会社の創業時の副社長は、ジェニファー・ジェイムズ——おれの野生の勘では——彼の妻だと思う。ジェイムズが殺された七ヵ月後に記録は修正され、いまではジェニファー・ジェイムズが社長になっている。それで、ジェイムズは亡くなったが、彼女が技工所の持ち分を所有している」

「オーケイ、それでジェイムズは——彼が生きているときに——ホイルと知り合い、いっしょに事業をおこなっていた」

「そして、おたがい、主要株主／経営者が殺害された事業と関係を持っていた」

「そして、おなじ銃で殺された」

ボッシュはうなずいた。

「おなじ銃で」ボッシュは繰り返した。「非常にリスクが高い。薬莢は企業記録よりも確実に事件を結びつける。理由があるはずだ」

「まあ、二二口径弾丸は合致させるのが難しい」バラードは言った。「ひしゃげたり、バラバラになっている。薬莢は話が別。そしてラファ殺害の場合、われわれは手がかりを得た。薬莢が車の下に転がって、容易には回収できなかった」

「アルバート・リーの場合もおなじだ——薬莢はすぐに回収できないところにあっ

た。いま偶然の一致が生じている。おれはこのような偶然の一致を信じない」

「で、ひょっとしたら薬莢があとに残されなかったほかの殺人があるかもしれない。この二件ではわれわれがたんに幸運だったんだ」

ふたりともしばらく黙りこんで、このことを考えた。バラードは、殺人犯が殺害凶器の銃を持ちつづけている別の理由があるはずだと思ったが、口にはしなかった。銃は暗殺の入念な計画と正確さを隠す。捜査の過程で答えを見つけなければならないことだとバラードはわかっていた。

「それで……」バラードは口をひらき、先をつづけた。「ホイルのハビエル・ラファとの関係がファクタリング取引から出てきたと仮定しましょう。歯科医たちにはこうした手はずを整えた人間がいたはず。金を必要としていたこの男たち――アルバート・リーとハビエル・ラファ――のことを知っていただれかが」

「そのとおり。あいだをつなぐ代理人《ファクター・マン》の男が」

「そして、それがわれわれの見つけださなければならない人間」

「きみはラファの家族のところに戻り、ラファが資金難に陥った時期と、その件でだれのところにいったのかを突き止めなきゃならん」

「ええ、あることがわかっている。ラファはギャングから足を洗うために金を払わなきゃならなかった。うちのギャング情報では、足を洗うため現金で二万五千ドルをラス・パルマス団に払っている」

「そんなやつがどこでそれだけの現金を手に入れられるんだ――銀行強盗をせずに？」

「商売または土地を担保に借りられたはず」

「へー、ストリートギャングから足を洗うための金が必要だと銀行に言うのか？　がんばれ」

バラードはその件をじっと考えていたので、ボッシュの皮肉には反応しなかった。

「ほかのふたりの歯科医はどうなの？」やがてバラードは訊いた。「アボットとエスキベル」

ボッシュはプリントアウトの束をトントンと叩いた。

「ここに資料がある」ボッシュは言った。「ひとりはグレンデールで開業しており、もうひとりはウェストウッドだ」

「それは変ね」バラードは言った。「いま思いだしたんだけど、こないだの夜、ラファの息子が、自分の父親の共同経営者はマリブの白人だと言ってた」

「ひょっとしたらホイルはそこに住んでいて、シャーマン・オークスに通っているのかもしれない。マリブは、マリーナ・デル・レイにいたジェイムズとホイルをより近づける。自宅住所を手に入れるためきみは全員を車両登録局のデータベースで調べる必要がある」

「そうする。最初にクラウン・ラボが法人組織になったのはいつ？」

「二〇〇四年だ」

「では、この連中は、生きていた」

「ああ、そうだ。ジェイムズは八年まえに殺されたとき三十九歳だった」

バラードはチキンといっしょに付いてきたコールスローのカップを平らげた。それから口元をナプキンで最後に拭うと、テイクアウト用のカートンを閉じた。

「すべての関係性を月曜日に州の記録で正規に調べるまで、わたしにできることは多くない」バラードは言った。「それもわたしがまだ事件を担当していた場合に限られる」

「そうだな」ボッシュは言った。

「月曜にわたしが担当していようといまいと、きょうやろうと思うのは、関係箇所のいくつかをスキーすること。技工所、ホイルの家、ひょっとしたらホイルの医院も。どれだけぜいたくな暮らしぶりかを確かめる。ほかのふたりを車両登録局のデータベースで調べ、地図上に記入する。だけど、いま現在、彼らとの実際の関係は見当たらない。だから、わたしはスキーをしにいくわ。自分がなにに向かっているのか自分の目で確かめたい。それからラファの家族に話しにいく」

スキーをする、というのは純粋なロス市警の隠語だった——監視することを意味する非公式の言葉だ。それは容疑者の住居を車で通り過ぎて、相手の様子をうかがうことを意味していた。その用語の由来は諸説あった——容疑者の勤務場所や住居の物理的なパラメーターを入手することを意味する「概要を掴む《スキマティック》」に由来すると考える一派もあった。別の一派は、「策略を巡らす《スキミング》」を縮めたものと言っていた——犯罪活動がおこなわれている家を襲う計画の第一歩を踏みだすという意味で。どちらにせよ、バラードはボッシュのため説明する必要はなかった。

「きみといっしょにいく」ボッシュは言った。

「ほんとに？」バラードは訊いた。

「ほんとだ」ボッシュは言った。「マスクを取ってくる」

17

　スキー・パトロールは、空港近くの歯科技工所からはじまった。フリーウェイ5号線を背景にする工業地域を通るサンフェルナンド・ロード沿いにあるその施設は、横にゲート付きの駐車場がある大きな平屋建ての建物だった。そこの事業内容を示す小さな看板が、ロゴとともにドアに付いていた——目と晴れやかな笑みを浮かべた戯画化された歯のロゴ。

「思っていたより大きいな」バラードは言った。

「四つの事業体がここを所有しており、街じゅうの歯科医のために働いているようだ」ボッシュは言った。

「ここみたいな場所があれば、ファクタリング、つまり事業者向け高利貸しや殺人計画にかかわらずに済むくらいの金を稼いでくれるとは思わない？」

「けっして十分な金を持っていると思えない人間がいるんだ。それに、繰り返すが、われわれの考えがまったくまちがっていて、彼らは完全に合法的なのかもしれない」

「そんなふうには見えないな」

「なかに入ってみるかい？」

「閉まってるわ。駐車場に車がない。それに、わたしたちが嗅ぎまわっているという警告を早くに与えたくない」

「いい指摘だ。だけど、端までいって、なにが見えるか確かめてみよう」

バラードはフェンスに沿って車を進め、建物の三つめの側面が見えるところまで来た。大型ゴミ容器のそばに非常口があった。

「オーケイ」バラードは言った。「次はどこ？」

ボッシュはスキーをおこなう順番を地図に書きこんであるプリントアウトを取りだした。次の目的地は、グレンデールのそばにあった。ふたりはブランド大通りにあるショッピング・プラザの横を通り過ぎた。そこはカルロス・エスキベルが家族向けの歯科医院を開業しているところだった。プラザの二階にあり、外付けのエスカレーターで上がっていけたが、エスカレーターは祝日の週末のため停止していた。

「なかなかよさそうな歯医者みたいね」バラードは言った。

「裏手にまわろう」ボッシュは言った。「駐車の状況を確かめてみよう」

バラードは指示に従い、プラザの裏手の路地を見つけた。従業員用の駐車スペースとして確保されている場所があった。ひとつの駐車区画を確保するためのプラカードにエスキベルの名前があった。その隣には、ドクター・マーク・ペレグリノ用に確保されている区画があった。

「エスキベルには共同経営者がいるようだな」ボッシュは言った。

次の目的地は、グレンデールの上の丘陵地帯にあるエスキベルの自宅だった――白い壁に囲まれ、直線的なラインと黒い窓枠、ゲート付き私設車道《ドライブウェイ》が備わった数百万ドルの価値のある現代建築。

「悪くない」ボッシュは言った。

「商売の調子はよさそうね」バラードは言った。「歯をドリルで掘るのは、黄金を掘るようなものなのかな」

「だけど、そんな暮らしを想像できるか？　だれも自分を見て喜んでくれないんだ」

「口のなかに指と金属工具を突っこんでくる人間だからね」

「うへっ」

「警官であることとそんなに違いはない。近ごろじゃ、人はわたしたちを見て喜んでくれない」

といった具合に進んだ。次にふたりはサンフェルナンド・ヴァレーを横切り、デニス・ホイルの医院と自宅を確認した。車両登録局の記録では、ホイルは以前にマリブに住んでいたが、現在の住所は、コールドウォーター・キャニオンの外れにある丘陵地帯だった。そこはサンフェルナンド・ヴァレーが一望できるゲート付き住宅地だった。次にふたりはセプルヴェーダ・パスを通り抜けてウェストウッド地区にいき、そこではジェイスン・アボットが歯科医院を開業しており、そののちフリーウェイの反対側のブレントウッドにいった。アボットはそこに住んでいた。

ふたりは最後の車に乗ったままの視認《ドライブバイ》のため、南に向かった——故ジョン・ウイリアム・ジェイムズが働き、住み、死んだ場所に。だが、そこにたどりつくまえにバラードはヴェニスで予想外の方向転換をした。ボッシュは彼女が運転ミスをしたのだと思った。

「そっちじゃないぞ」ボッシュは言った。

「わかってる」バラードは言った。「ちょっと迂回《うかい》がしたくなったの。ミッドナイト・メンの被害者のひとり——最新の被害者——の元夫がこのあたりに住んでいる。で、スキー・パトロールをしているなら、そこのまえを通り過ぎて、調べてみようと思ったんだ」

「問題ない。元夫がミッドナイト・メンのひとりだと考えているのかい？」

「いえ、そうじゃない。だけど、なにかがあるの。夫婦は二年まえに離婚しているけど、妻は彼を怖がっているみたい。きのうの晩、わたしはどんな反応をするのか確かめようとして、かまをかける電話を彼にしてみたんだけど、そいつの反応はクソ野郎だった。テクノロジー投資業界で働いている」

「連中はみんなクソ野郎だ。どの住所をさがしているんだ？」

「スピネーカー五番」

ふたりはビーチから一ブロック離れた細い通りに来た。そこの住宅はいずれも現代的な複数階の建物で、高そうだった。レジナルド・カーペンターは、経済的に元妻よりもいい暮らしをしているようだ。ビーチからふたつの家を挟んだところにレジナルド・カーペンターの家を見つけた。三階建てで、車三台分の車庫があり、両側にとても似ている住宅が並んでいるが、そのあいだはゴミ箱を並べておけるくらいのスペースがあいていた。

「エレベーターが備わっていればいいがな」ボッシュは言った。

車庫の右側に「訪問販売お断り」の標識が貼られたドアがあった。バラードは車の窓に身を寄せ、その住宅のファサードを見上げられるようにした。バルコニーの手すりに斜めに置かれたサーフボードの先端が見えた。

「わたしがここのビーチによく出没していたとき、この家の人間と知り合いだったりして」バラードは言った。

ボッシュはなにも言わなかった。バラードは車をUターンさせ、パシフィック・アヴェニューに戻っていった。

パシフィック・アヴェニューは、ヴェニスとマリーナ・デル・レイをふたつにわけているバローナ・ラグーンに沿ってつづいていた。ふたりはパシフィック・アヴェニューを進んで、ビア・マリーナまでいくと、法外な値段のヴェニスにある家よりもはるかに高級な家が並んでいるまえを通っていった。ジェイムズが住んでいた高級マンションのまえを通り過ぎ、リンカーン大通りに向かった。そこにはジェイムズの歯科医院が、その場所の名の由来であるマリーナを作り上げているドックとボートからなる広大な港につながるショッピング・プラザのなかにあった。ドアに記されている名前は、口腔《こうくう》外科《げか》医ジェニファー・ジェイムズだった。

「まあ、それである程度の説明はできる」バラードは言った。

「彼女は夫の共同経営権と医療事業を引き継いだんだ」ボッシュは言った。「最初から共同で経営していたのでなければ」

「彼女が事業者向け高利貸しについてなにを知っていたか、あるいは、いまなにを知っているか」

「それに自身の夫を含む殺人についても」

ボッシュは駐車場の隅にある車の停まっていない駐車スペースを指さした。

「あそこだ、あそこにジェイムズは車を停めていた」ボッシュは言った。「銃を持った人間は、マリーナから近づいてきて、駐車場を横切り、窓越しにジェイムズを撃ったと思われている。頭に二発。とてもすばやく、とても綺麗に」

「つまり、薬莢は残されていなかった？」バラードが訊いた。

「ひとつも」

「残っていれば簡単だったかもしれないのに。で、弾丸は？」

ボッシュは首を横に振った。

「おれの担当事件じゃなかったんだ」ボッシュは言った。「だが、記憶から導くと、弾丸では捜査の進捗はなかった。骨に当たって潰れてしまったんだ」

バラードは駐車場から車を出して、リンカーン大通りに戻り、フリーウェイ10号線を目指して北に向かった。

「さて、そのときの捜査について、ほかになにをあなたは知ってるの？」バラードは訊いた。

ボッシュは、ジョン・ウイリアム・ジェイムズ殺人事件を担当したのは、パシフィック分署の殺人課だったと説明した。同課では、アルバート・リー殺害と結びつけるに足る理由あるいは証拠がないと判断されたという。

「おれはそこまで持っていこうとした」ボッシュは言った。「だが、向こうは話を聞いてくれなかった。パシフィック分署の刑事部にラーキンというやつがいて、この事件を担当していた。短期間の担当だったと思う。引退まで三ヵ月に迫っていて、大きな共謀事件を求めちゃいなかった。そのころ、おれはアルバート・リー事件を二年間担当していて、決定を迫るような結びつきを見つけだせていなかった。最後に聞いた話では、パシフィック分署は、強盗殺人事件だと見なしていたそうだ。ジェイムズは妻からもらった一万ドルのロレックスをはめていた。それがなくなっていたんだ」

「彼の妻は歯科医としての業務だけでなく技工所の所有権も引き継いでいる」バラードは言った。「いつ彼女は時計を夫にあげたの?」

「おれは知らない。だけど、おれが知っているかぎりでは、事件は解決されなかった。いまでは未解決事件になり、殺人事件調書はアーマンスン・センターにあるだろう」

「Uターンさせたい？」

「それはきょうのきみの予定による」

「今夜、わたしのシフトがあり、ミッドナイト・メンの件で被害者たちに連絡する必要がある。みんなわたしのために調査票に取り組んでくれているの」

「あらたな結びつきが見つかればいいな」

「期待している。それにラファの奥さんのところにいって、夫の二万五千ドルの借金について訊きたい」

バラードは隙を見つけて、リンカーン大通りでUターンした。ウェストチェスターを目指して南へ向かう。ロサンジェルス国際空港の近くにある地域だった。

「うんざりだ！」バラードは言った。「一日でふたつの空港から出てくる渋滞にぶつかるなんて」

「ここの渋滞はそよ風みたいなものだ」ボッシュは言った。「パンデミックが終わり、人が外出し、旅行をしたがるまで待ってみろ。そのときには幸運を祈る」

アーマンスン・トレーニング・センターはマンチェスター・アヴェニューにあり、ロス市警の新規採用者のための訓練施設網の一部だった。ドジャー・スタジアムを囲む丘陵地帯にあったアカデミーはとっくの昔に手狭になっており、市警はここやヴァレー地区のなかに付属施設を設けていた。ロサンジェルス市全体の殺人事件アーカイブもここに収められていた。未解決事件の供給過剰——一九六〇年以降六千件——で市警の各分署の書類保管スペースが圧迫され、ほんの数年まえにここがオープンした。殺人事件調書は、地域の普通の図書館ほどの広さのある部屋の棚に収められており、さらに増えていく調書のためスペースが必要になることから、デジタル化の計画が進行中だった。

「定年退職者バッジか、IDカードを持っているでしょ?」バラードは訊いた。「提示を求められた場合に備えて」

「財布にカードを入れている」ボッシュは言った。「だれかにバッジを示すことがあるとは思っていなかった」

「たぶんその必要はないと思うけど。週末や祝日には、この場所をオープンしておくという退屈な仕事のため、数名の新規採用者が番をしているだけ。彼らはたぶんあなたの見かけにビビって、IDを求めたりしないわ」

「だとしたら、おれもまだ捨てたものじゃないとわかって喜ぶべきところだな」

「借りだしたい調書の日付がわかるようにプリントアウトを持ってきてちょうだい」

車を停めてから、ふたりは正面の階段を上って、広い玄関ホールに入った。壁に、ロス市警の活躍場面の大きな写真が並べられていた。前世の姿では、このセンターは、ある石油会社の本社ビルだった。そのときは壁に活躍している石油精製場面の写真が並んでいたところをバラードは想像した。

殺人事件ライブラリーは、一階の大ホールの端にあった。両開きのドアにはなんの印もなかった。ロサンジェルス市が未解決事件の殺人事件調書を集めたライブラリーを持っていることを喧伝《けんでん》するのはよくないという考え方からだろう。

カウンターには見習い警官がひとりだけいて、回転椅子に座って、携帯電話でゲームをしていた。彼はバラードとボッシュが入っていくと、警戒態勢に移行した。たぶんきょうはじめての来館者だからだろう。受付係は、前日バラードがアルバート・リー事件の調書を借りだしに来たときに担当していたのとおなじ若者だった。それでもバラードは自分のバッジを提示し、ボッシュはプリントアウトをカウンターに置いて、広げはじめた。

見習い警官は訓練用の制服姿で、右の胸ポケットに名前の記された当て布を付けていた。それはヴェルクロで張り付けられており、もしこの見習いがポリス・アカデミーから除籍になったなら、容易にはがされるようになっていた。彼の名前はファーリーだった。

「ハリウッド分署のバラードよ。きのうもここに来た。あらたな調書を引っ張りだす必要がある。二〇一三年の事件の調書」

バラードはボッシュが注視していたプリントアウトを見おろした。それはアルバート・リー事件の時系列記録の写しであり、ボッシュは指を走らせて、二〇一三年の記録ページを見ていた。ボッシュは、ジョン・ウイリアム・ジェイムズ殺害事件に関してパシフィック分署殺人課に自分がおこなった問い合わせを詳しく記入している項目を見つけた。ボッシュは事件番号を声に出して告げ、ファーリーはそれを律儀に書き取った。

「オーケイ、見てきます」ファーリーは言った。

彼はカウンターを離れ、プラスチック製のバインダーが並んでいる棚が集まっているところに姿を消した。ひとつひとつのバインダーは、あまりに早く奪われまだ正義が果たされていない命を、カタログにまとめたものだった。

ファーリーは当該殺人事件調書を見つけるのに手間取っているようだった。調書は時系列順に並べられており、二〇一三年の棚を突き止め、ジョン・ウイリアム・ジェイムズのバインダーを見つけるのは、簡単なお遣いのように思えた。

バラードはイライラしてカウンターを指で叩いた。

「いったいあの係はどうなってるんだ？」ボッシュは訊いた。

バラードは、ハタと気づいて指で叩くのを止めた。

「ここにないんだ」バラードは言った。

「どういう意味だ？」ボッシュは訊いた。

「いまわかったの。アルバート・リー事件の調書はなくなっていた。やつらがこの調書だけ残しておく理由がある？」

「やつら？　やつらとはだれだ？」

バラードが答えを出すまえにファーリーがお遣いから殺人事件調書を持たずに戻ってきた。その代わり、バラードがアルバート・リー事件の調書を借りだしに来たときに見かけたのとおなじような、罫線《けいせん》の入ったマニラ紙の貸出カードを手にしていた。

「借りだされています」ファーリーは言った。

「二冊要求してゼロというわけね」バラードは言った。「だれが借りだしたの？」

ファーリーは貸出カードの名前を読んだ。

「パシフィック分署殺人課のテッド・ラーキン。でも、ここには五年まえに借りだしていると書かれています。それはこの場所がここにできるまえです。昨日、あなたが求めたものとおなじように」

バラードはカウンターを片手でピシャリと叩いた。たぶん、ラーキンが引退したあとに借りだされたのだろう、と推測できた。何者かがふたつの事件の捜査責任者である刑事になりすまし、ふたつの異なる警察分署に入って、殺人事件調書を盗み、もっともらしい貸出カードと見なされるものを残していった。

「いきましょう」バラードは言った。

バラードはカウンターに背を向け、ドアに向かった。ボッシュはあとにつづいた。

「ありがとう、ファーリー」バラードは肩越しに声をかけた。

バラードは幅の広い廊下をツカツカと歩いてメインの出入口に向かい、ボッシュは追いつこうと苦労した。

「待ってくれ、待った」ボッシュはバラードの背中に声をかけた。「どこに駆けていくんだ？　きみができることはなにも――」

「ここから出たいの」バラードは言った。「そうすれば、外で話せるでしょ」

「だとしたら、おれが走れる速度でかまわないだろ。速度を落としてくれ」

「わかった。ただもうむしゃくしゃしてるだけなの」

バラードはペースを落とし、ボッシュが追いついた。

「つまり、こんなことって無茶苦茶よ」バラードは言った。「何者かが自分の勤める警察のなかで殺人事件調書を盗んでいる」

彼女の切迫した声が廊下を歩いているふたりの見習い警官の関心を惹いた。

「待つんだ」ボッシュは言った。「外で話そうと言っただろ」

「そうね」バラードは言った。

バラードはドアから出て、階段を下り、駐車場を横切って、自分の車にたどりつくまで口をつぐんでいた。

「警察のなかに内通者がいるんだ」バラードは言った。

「ああ、おれたちはそれを知った」ボッシュは言った。「だけど、やつらとは何者だ？　歯科医たちか？　それとも、仲介者がいるのか？」

「そこが問題ね」バラードは答えた。

ふたりはディフェンダーに乗りこみ、バラードは緊急出動《コード3》の通報を受けたかのように駐車場から急発進した。しばらくのあいだ黙ったまま運転していたが、やがてバラードはフリーウェイ10号線の入り口ランプに車を進めた。

「で、これからどうする？」ボッシュが訊いた。

「最後の目的地にいくわ」バラードは言った。「それから別の担当事件の仕事に戻らなければならない。電話をすると被害者たちに伝えてあるの」

「なるほど。これから向かうのはどの目的地だ？」

「ドジャー・スタジアム」

「ポリス・アカデミーかい？　なぜ？」

「アカデミーじゃない。スタジアムよ。あなたにワクチンを打ってもらうつもり、ハリー。あなたにはその資格があるんだし、もしわたしが手伝わないと、あなたはけっして打たない気がしている」

「あのな、家まで送ってくれるだけでいい。自分の都合のつくときに打てばいいし、きみの時間を無駄にしたくない」

「いいえ、いまからいくの。いまやってしまいましょう。科学を信用して、ハリー」

「してるさ。だけど、おれより先にワクチンを打つに値する人間が大勢いるんだ。それに、予約が必要だ」

バラードはベルトからバッジを引っ張って外し、掲げ持った。

「はい、これがあなたの予約」バラードは言った。

18

新しいものに巻きこまれずに点呼をやり過ごしてからバラードは当直指揮官に、ミッドナイト・メン事件の最新の被害者に二度目の聞き取りをするためデルに出かけるつもりである、と伝えた。ローヴァーを必ず持っていくように、と指揮官は言った。シンディ・カーペンターには電話で対処できたはずだが、被害者に直接会いにいくのは、つねによりよい結果をもたらした。個人的に刑事と会うのは、彼らを安心させるだけでなく、あらたに思いだした事件の細部をわかちあうチャンスがより多くなるのだった。脳は、身体的外傷を受けた時期に最も重要な生命維持に機能を切り換えることで自身を守る。安全が確保されたあとになってはじめて、心的外傷の全体的な詳細が戻りはじめるのだった。カーペンターが録画されるか、写真を撮られたという感じを受けたことを思いだしたのがその好例だった。今回の訪問で、刑事と被害者のあいだの絆《きずな》の継続が生まれることをバラードは期待していた。

だが、カーペンターは、〈ネイティヴ・ビーン〉のロゴが付いている仕事用のポロシャツをまだ着たままで、ドアに出てくると、「なに？」と言った。

「ハイ、大丈夫？」バラードは訊いた。

「なにも問題ないわ。なぜしょっちゅうやってくるの？」

「その理由は知ってるでしょ。それに、調査票の記入を済ましてくれたかなと期待していたの」

「まだ終わってない」

カーペンターはドアを閉めようとし、バラードは手を突っこんで、それを止めさせた。

「どうしたの、シンディ？　なにかあったの？」

バラードはすばやくこの訪問の目的をリセットした。家のなかに入りたいと思った。

「そうね、ひとつには、あなたはまえの夫に電話をした。そういうことをしないでと頼んだのに」カーペンターは言った。「おかげで、あの男に対応しなきゃならない」

「彼に電話をするなとは言わなかったでしょ」バラードは言った。「あなたは彼のことを話したくないと言ったけど、対応したパトロール警官に、もっとも近しい連絡相手として、あなたは彼の名前と電話番号を伝えていた。それに――」

「なんでそんなことをしてしまったのかわからない、とあなたに言ったわ。あたしは混乱して、怯えていたの。ほかのだれも思いつけなかった」

「そういうのはよくわかるわ、シンディ。ほんとにわかるから。だけど、わたしには進行中の捜査があり、捜査の向かうところがどこであろうとそこへいかなければならない。あなたは事件報告書にまえのご主人の名前を書いた。そのあと、彼について話をしたくないと言った。それでフラグが立ったの。ええ、だからわたしは彼に電話をした。あなたが襲われたとは彼には言ってません。実際には、そのことを伝えないようにして話した。どうやら、彼が電話をかけてきたみたいね。彼はなにを言ったの？」

バラードがこの対立を易々《やすやす》と処理していることに腹を立てているかのようにカーペンターは首を振った。

「なかに入れてもらえる？」バラードは訊いた。

「いいんじゃない」カーペンターは答えた。

カーペンターはドアから引き下がった。バラードは家のなかに入り、この状況をさらに和らげようとした。

「シンディ、いま現在、わたしの唯一の目的は、あなたを襲った男たちを見つけ、永遠に娑婆《しゃば》から追放することだと理解してほしいの。捜査でわたしがどんな行動を取ろうと、あなたをさらに傷つけたり、動揺させたりするつもりはありません。それはわたしが絶対にやらないことなの。だから、座って、わたしがレジナルドと話をしたあとなにがあったのか話をはじめてちょうだい」

「わかった」

バラードが前日の最後に見たときとおなじカウチの場所にカーペンターは座った。レネイは低いコーヒーテーブルをはさんで向かいにあるクッション付き椅子に腰を下ろした。

「彼が電話をかけてきたのね？」バラードは促した。

「ええ、電話をかけてきた」カーペンターは言った。「なにがあったんだと訊いてきて、あたしは結局話してしまった」

「で、彼はあなたに同情したの？」

「そんなふうにふるまっていたけど、いつだってあの人はあたしのことを気にかけているような口ぶりをするの。それが問題だった——いつも演技だった。だけど……」

「だけど、なに？」

「あなたが彼に電話をしたことにあたしが腹を立てた理由がそれなの。いまやあいつはこのことを利用してあたしを支配しようとしている」

バラードはカーペンターがさらに言葉を重ねるのを待ったが、彼女はつづきを言わなかった。

「わからないな、シンディ。なにをもって彼はあなたを支配しようとしているの？」

「あたしが彼を捨てたの、わかる？　結婚生活を止めたいと願ったのはあたしなの」

「なるほど」

「そしたら、彼は言ったの、いつか後悔するぞ、と。そしていま、あなたのおかげで、彼はあたしの身になにが起こったのか知り、さっきも言ったように、同情を装っていたけど、けっしてそんな気持ちではないとあたしにはわかるの。口にせずとも、だから言ったじゃないか、と言ってるのよ」

カーペンターは顔を背け、通りに面した窓のほうを向いた。バラードは黙ったまま、カーペンターの結婚生活の話について考えを巡らしていた。やがて、ひとつの疑問が浮かび上がった。

「シンディ、思いだしてほしいんだけど、彼があなたの身になにがあったんだと訊いてきたとき、彼はすでに知っていたという感じを受けなかった？」

「もちろん知ってたわ。あなたが話したんだから」

「わたしは彼にあなたが性的暴行を受けたとは話していません。住居侵入事件だったと言ったの。彼はあなたが襲われたとあらかじめ知っていたのかしら？」

「わからないわ」

「思いだしてみて、正確に彼がなんと言ったのか？」

「『どこかの男たちが侵入したと聞いたんだが、きみは大丈夫か』と言った。だいたいそんな感じで」

バラードは一瞬黙りこんだ。次の質問を正しくおこないたかった。

「シンディ、その電話のことを思い返して。彼は、どこかの男たちが侵入した、と言ったの？　複数形を使っていた？」

「わからない。思いだせない。ふたりの男たちと言ったかもしれない。なぜならあたしが彼になにが起こったのか話したから。要するに、彼はいま知ってしまったし、あたしは知ってほしくなかったと思ってる」

バラードは、電話でレジナルドと話したとき、複数の容疑者がいると口にはしなかったのがわかっていた。だが、いま、シンディ・カーペンターは、その事実をふたりの会話でだれが持ちだしたのか、確実なことを思いだせずにいた。それがバラードの疑念をさらに進めた。シンディが別れた夫との会話を再現することで、ふたりの結婚生活についてさらに多くの情報を明らかにしていたからだ。彼女の元夫に対する描写から、彼は心が狭く、自分本位で、復讐心が強い人間に聞こえた。

しかしながら、再度、バラードは、自分がレジナルドのことがずっと気になっている理由を自問せざるをえなかった。彼にはアリバイがあると思われていた。そしてシンディあるいはレジナルド・カーペンターと、ミッドナイト・メンのほかのふたりの被害者とのあいだにつながりがあるとはわかっていなかった。

「レジナルドは、新年の祝いでどこにいたか口にすることがあった？」バラードは訊いた。

「あなたからの電話がかかってきたとき、砂漠のゴルフ旅行から帰ってきたばかりだったと言ってたわ」カーペンターは言った。「正確にどこだとは言ってなかったし、あたしは訊ねなかった。そんなことあたしが気にする必要がないから。なぜそんなことを訊くの？」

「わたしが彼に電話をしたとき、彼は上の空だったようだから」

「あの人に電話をするのを止めてちょうだい」

「もう止めてるわ」

パーム・スプリングズは、砂漠と呼ばれる資格があった。バラードはレジナルド・カーペンターを好きではなかったが、彼がミッドナイト・メンの襲撃に関与しているのはありえないように思えた。元夫を脇にどけることに決め、三人の被害者のあいだの結びつきをさがしつづけることにした。

「どこまで調査票を記入してくれた？」バラードは訊いた。

「ほぼ終わっている」カーペンターは言った。「いまここにあるわ」

カーペンターはサイドテーブルから折り畳んだ紙束を引き寄せ、それをコーヒーテーブルの上に放り上げて、バラードのほうに飛ばそうとした。狙いがひどく外れ、カウチの反対側に飛んでいった。

「ああ、ごめんなさい」カーペンターは言った。

バラードは立ち上がり、書類を拾い上げた。

「そのカレンダーは六十日まえまで遡っている」カーペンターは言った。「あたしは一週間まえにどこにいたかもほとんど覚えていない。だから、とても不完全なものになっている。だけど、それ以外は、答え終えた」

「ありがとう」バラードは言った。「いまこれをするのは、頭が痛くなることだとわかっているけど、捜査にはとても役立つものなの」

バラードはページをパラパラとめくって、カーペンターがカレンダー・セクションに記入した回答のいくつかを読んだ。そこにはレストランや買い物の目的地が記されていた。クリスマスまえの週と当日は、「ラ・ホーヤ」と書かれていた。

「ラ・ホーヤ？」バラードは訊いた。

「両親がそこに住んでいるの」カーペンターは言った。「クリスマスにはいつも訪ねている」

バラードはざっと目を通し終えた。

「丸一ヵ月、車にガソリンを入れていないわね？」バラードは訊いた。「ラ・ホーヤにいくときの補給はどうしたの？」

「そういうことを知りたがるとはわかっていなかった」カーペンターは言った。

「あらゆる情報を求めているの、シンディ。思いだせるかぎりあらゆることを」

「フランクリンとガウアーの交差点にあるシェルでガソリンを入れてるの。通勤途中にあるので」

「なるほど、それがまさにわたしたちの知りたいこと。あなたのルーティン行動の場所。最後にガソリンを入れたのはいつ？」

「クリスマスの翌日、両親の家から戻る途中で。5号線から外れたオレンジ郡のどこかのガソリンスタンドで」

「オーケイ、そこは気にしなくていいと思う。一度かぎりの場所なので。言い争いはどう？　職場やほかのどこかでだれかと言い争ったことは？」

「ないなあ。つまり、お店の客はしょっちゅう文句を言ってくる——そういうときにはコーヒーをもう一杯出して、それで終わり」

「じゃあ、手に負えなかったことは一度もない？　とくに最近で？」

「思いつくかぎりではないな」

「〈マッサージ・エンヴィ〉とここに書いている——これってヒルハーストにあるあのお店？」

「ええ、従業員から、クリスマス用のギフト券をもらって、それを仕事が早くに終えた日に使ったの。なにも起こらなかったわ」

「マッサージ師は男性、それとも女性？」

「女性」

「わかった。これに目を通したあとたぶん訊きたいことが出てくると思う」

バラードが言わなかったことは、カーペンターの回答と、ほかのふたりの被害者の回答を相互参照したあとで質問が浮かんでくるはずだということだった。

「で、街灯の連中のことでなにかわかった？」シンディが訊いた。

「いえ、いまのところまだ」バラードは言った。

「あいつらだと思う？」

「その可能性はある。この調査票が重要なのは、どこであなたの襲撃犯とあなたが出くわしたのか突き止める必要があるからなの。だれがなぜ、あなたを標的にしたのか理解しようとしている」

カーペンターはうんざりしたかのように手で自分の太ももをピシャリと叩いた。

「なぜあたしのせいなの？」腹立たしげにカーペンターは言った。「あたしがしたなにかのせいなの？」

「そんなことは言ってません」バラードはあわてて言った。「そんなことを言っているつもりはまったくないの」

バラードは携帯電話が鳴るのを感じた。画面を確認したところ、ハリウッド分署の内線だとわかった。当直指揮官からで、自分がローヴァーを車の充電ドックに置き忘れているのに気づいた。バラードは応答せずに電話をしまった。

「まあ、そうみたいね」カーペンターが言った。

「そういうわけで、ごめんなさい」バラードは言った。「だから、はっきりさせておきます――あなたはこの事件をわが身に招くようなことや、惹きつけるようなことをなにもしていません。あなたの身に起こったことは、どんな意味でもあなたのせいじゃない。いまわたしたちが話しているのは、犯人たちのことなの。どこで、どんな状況で、この病的に歪んだ連中があなたを選ぶ決断を下したのかをわたしは知ろうとしている。それだけ。だから、それ以外の方向をわたしが見ているとあなたには思ってほしくない」

カーペンターはまたしても顔を背けた。呟《つぶや》くように返事をする。

「わかった」彼女は言った。

「捜査はあなたが経験したことをたえず思いださせているだけに見えるときがときどきあるのはわかってる」バラードは言った。「だけど、それは必要悪なの。なぜならわたしたちはこのクソ野郎どもを捕まえて、追い払いたいと願っているのだから」

「わかってる。それからいやな女になってごめんなさい」

「あなたはそうじゃない、シンディ。それから申し訳なく思うようなことはなにもない。まったくね」

バラードは立ち上がり、ラムキン調査票を半分に折った。

「いくの？」カーペンターが訊いた。

顔を背け、繰り返し質問に反駁《はんばく》しながら、カーペンターはバラードが立ち去ることに動揺しているようだった。

「あらたな呼びだしがかかったみたい」バラードは言った。「わたしはいかないと。だけど、もしあなたがいいと思うなら、あとであなたの様子を確認する電話を入れてもいい」

「わかった」

「あしたは仕事？」

「いいえ、オフ」

「オーケイ、じゃあ、なにか伝えることがあれば、連絡するから」

バラードは家を出て、車に向かいながら、当直オフィスからのメッセージを携帯電話で見ようとした。メッセージは入っていなかった。車に戻って、シンディ・カーペンターの地所の正面の角にある街灯を振り返った。まだ消えていた。

19

バラードが車にたどりつくまえに携帯電話がまた鳴った。今度は直属の刑事部指揮官からの電話だった。これは当直指揮官が自宅にいるロビンスン＝レノルズを起こして、バラードが無線や携帯の呼びだしに応じないことにクレームを入れたことを意味していた。

「警部補」バラードは言った。「いま当直指揮官に連絡しようとしていたところです」

「いったいどうした、バラード?」ロビンスン＝レノルズは言った。

「レイプの被害者といっしょにいたんです。彼女はとても感情的になっていて、呼びだしに出るにはいいタイミングじゃなかったんです。それに署を出るとき、電池切れのローヴァーを持ってきてしまいました。いま車のなかで充電中なんです」

「そうか、きみの現場への出動が要請されている」

「いまから向かいます。なんなんです? どこなんでしょう?」

「よくわからんが、タイ・タウンで暴行みたいだ。詳細は当直指揮官から手に入れてくれ」

「これから連絡します」

「わたしの部下のことで連絡が来るのは好きじゃないんだ、バラード。それはわかっているだろ」

「わかってます、警部補。二度と――」

ロビンスン＝レノルズは電話を切っていた。

「――こんなことは」

バラードはいま取り組んでいる事件の最新状況を伝えられるよう、警部補には電話を切らないでほしかった。こうなれば、月曜日まで待たざるをえなかった。それまでのあいだにたくさんのことが起こりえた。

バラードが独りで働くのが好きなのはいいことだった。なぜなら、ロス市警は世界がパンデミックから解放されるまで昇進と採用を凍結していたからだ。だが、独りの仕事を難しくしているのは、責任を分担するパートナーがいないことだった。バラードはすべてをカバーしなければならず、キープしておきたい事件をキープするための戦いをずっとつづけなければならなかった。いったん車に入ると、バラードはローヴァーで当直指揮官に連絡した。この手段を選んだのは、当直指揮官との会話が無線で生中継されるからだ。携帯電話だと、当初の呼びだしに応えなかったことで、説教をするための白紙委任状を相手に渡してしまいかねなかった。

祝日の週末であり、上級職の人間は休暇を取っているため、あらたな当直指揮官が任務にあたっていた。三夜で三人だ。サンドロ・プイグ警部補は、バラードにホバート大通りの住所に出動し、住居侵入と暴行事件を捜査するよう伝えたとき、抑えた口調を保っていた。勤務中のタイ人巡査はいるかどうかバラードが訊ねると、警部補は、6・A・79――その呼称はタイ・タウン・エリアの警邏《けいら》を担当するパトロール・ユニットのものだった――には、通訳ができる巡査がいる、と答えた。

曲がりくねった道を下ってデルを出るのに五分かかり、指定された住所にたどりつくのにさらに五分かかった。そこは下駄《げた》履きの一階が駐車場になっている一九五〇年代に建てられた二階建ての共同住宅だった。だれかがその建物に塗装を施したのはまえの世紀だったように見えた。バラードは一台のパトカーのうしろに車を停めた。救急救命士のワゴン車はまだ見えていなかった。呼びだしは暴行事件というレッテルが貼られていたというのに。

共同住宅の出入口は外の通路に沿っていた。バラードが二十二号室に向かって階段を上っていると、血走った目をしたシャツを着ていない男が突然、上の踊り場に姿を現し、上がってくるバラードを見ると、彼女に向かって階段を駆け下りてきた。

同時に女性が甲高い声で叫ぶのが聞こえた。「ちょっと！　止まりなさい！」

筋肉の働きを脳に記憶させるマッスル・メモリーが働いた。バラードはサイドステップをして、コンクリート製の階段の中央に移動し、両手両腕を持ち上げて、斜め上から突進してくる体を受け止めようとした。男が全体重をかけてぶつかってきた。男は小柄だったが、その衝撃は強く、バラードはうしろ向きに飛ばされて、倒れた。尻から先に下の踊り場に着地したが、男の体重が上にのしかかってきた。衝突のあと、男はすぐに転がってバラードから離れようとした。バラードは男を掴もうとしたが、シャツを着ていないので、汗に濡《ぬ》れた体を掴めなかった。衝突が発生したのとおなじくらいすばやく、男は立ち上がって、姿を消した。バラードは自分のほうに向かって女性巡査が階段を下りてくるのを見た。巡査は踊り場に飛び降りると、手足を伸ばして倒れているバラードの体を跳び越え、追跡をつづけた。「ユト、ユト、ユト！」のように聞こえる言葉を叫びながら（タイ語で「หยุด、หยุด、หยุด（止まれ、止まれ、止まれ）の意）。

バラードは自分がコンクリートで頭を打ったことに気づいた。立ち上がり、追跡に加わろうとしたが、世界がグルグルまわりはじめた。体を横に倒し、ついで腹ばいになり、やっと四《よ》つん這《ば》いになって体を持ち上げた。

「バラード、大丈夫か？」

階段のほうに首を向けると、あらたな巡査が下りてくるのが見えた。すぐにだれかがバラードを立ち上がらせようとして、腕に手を当てたのを感じた。

「待って」バラードは言った。「ちょっと時間をちょうだい」

バラードは黙りこみ、ふたりめの巡査を見上げた。ビクター・ロドリゲスだった。ラファ殺人事件があった夜、通訳をしてくれた警官だ。

「V゠ロッド」バラードは言った。「いまのはだれだったの？」

「あれはわれわれのいまいましい被害者だ」ロドリゲスは言った。「突然立ち上がって、逃げだしたんだ」

「パートナーを追いかけて。わたしは大丈夫」

「ほんとに？」

「いって」

ロドリゲスは足早に立ち去り、バラードは階段の手すりを摑んで、どうにか立った姿勢まで体を持ち上げた。めまいに襲われ、手すりにしがみついて、体を支えた。頭がようやくはっきりすると、おずおずと手すりから手を離した。体全体が機能するのを確かめようと二、三歩進んでから、片手をジャケットの下にいれ、背中のくぼみに触れて、出血やそれ以外のダメージがないか確かめてみたが、なにも見つからなかった。後頭部に触れてみる。そこにも出血はなかったが、ぶつかった箇所にコブができつつあるのがわかった。

「クソ」

しばらくするとヘリコプターが上空を横切る音が聞こえ、逃げた男を見つけるため、先ほどの巡査たちがヘリの応援を求めたのだとわかった。

だが、見つからなかったようだ。ロドリゲスがもうひとりの巡査、チャラ・ファイトーンと引き返してきた。ふたりとも不首尾に終わった追跡で息を切らしていた。

「あいつは逃げた」ロドリゲスが言った。

「大丈夫、レネイ？」ファイトーンが訊いた。

「頭を打った」バラードは言った。

ファイトーンは市警のなかで数少ないタイ生まれの警官のひとりだった。背が低く、こぢんまりとした体つきで、髪形は、サイドを刈り上げ、前髪をワックスで波を描くようにしている短髪だった。バラードは女性警察官の多くが、男性警察官からの望まぬ関心を避けるため、実用的なヘアスタイルをしていると知っていた。

「わたしが見える？」ファイトーンが訊いた。「目をチェックさせて」

ファイトーンが懐中電灯を点《つ》けた。その光線の外側がバラードの顔にかすかにかかるように懐中電灯を支える。ファイトーンはすぐそばに立って、バラードの目を見上げた。

「瞳孔が少し散大している」ファイトーンは言った。「救急救命士のチェックを受けるべき」

「ええ、彼らはどこにいるの？」バラードが訊いた。「これは暴行事件だと思ってたけど」

ファイトーンはうしろに下がり、懐中電灯をしまった。

「連絡したんだけど、手が離せないみたいだ」ロドリゲスが言った。

「で、ここで実際になにがあったの？」バラードは言った。

「近隣住民が通報し、二十二号室で喧嘩《けんか》が起こっていると言ってきた」ロドリゲスが言った。「われわれが到着したが、容疑者たちはそのときには姿を消していた。チャラがあの男と話をしていたら、ふいにそいつは彼女をおれのほうに押しやり、逃げだした。あとはご存知のとおり」

「あの男は不法滞在者だったの？」バラードが訊いた。

「その話まではたどりつかなかった」ファイトーンが言った。「だけど、あいつはタイ人じゃなかった。通報してきた住民はタイ人だったけど、あの男はカンボジア人だった。たぶんABZビジネスがらみで、わたしたちに逮捕されるのを怖《おそ》れて、一目散に逃げたんだと思う」

ABZが、エイジャン・ボーイズのことだとバラードはわかっていた。おもに東南アジアからの移民を食い物にしているギャングだ。移民が合法的な人間であろうとそうでなかろうと。

ふたりの救急救命士が共同住宅の建物の中央にある中庭に入ってきて、ファイトーンが彼らを迎えた。

「被害者は到着時行方不明だけど、ここにいるバラード刑事を診てもらう必要があるの」ファイトーンは言った。「彼女は転倒して、頭を打ってる」

救急救命士たちはバラードを診察するのに同意したが、それを自分たちのワゴン車でおこないたがった。ファイトーンとロドリゲスは被害者なしの暴行通報となるであろうものの後始末のため、あとに残った。

バラードは救急救命用ワゴン車の折り畳み式リアシートの照明の下に座り、ひとりの救命士が彼女のバイタルをチェックし、瞳の散大と頭部の負傷と腫れも確認した。

救命士の制服の胸の名札には、シングルと記されていた。

「それはあなたの名前、それとも既婚未婚の身辺情報？」バラードが訊いた。

「おれの名前だけど、その質問を何度も受けている」シングルは言った。

「もちろんそうでしょうね」

「さて、軽い脳震盪《のうしんとう》になっていると思う。瞳孔が少し散大しており、血圧が少し高い」

シングルは手袋をはめた指でバラードの目のまわりの皮膚を押した。バラードは仕事をしているときの相手の表情に浮かんでいる集中度合いを見ることができた。彼はマスクを着用しているが、鋭い茶色の目とフサフサした茶色の髪をしており、たぶんバラードより何歳か若かった。彼の片方の瞳には、中央から離れた五時の方向に少し切りこみがあった。

「コロボーマ」シングルは言った。

「なに？」バラードは訊いた。

「おれの目を見ているからさ。おれの瞳孔の切りこみは、コロボーマと呼ばれる虹彩《こうさい》の先天性疾患なんだ。鍵孔《かぎあな》瞳孔と呼ぶ人もいる」

「へー。それって……」

「視力に影響かい？　ない。だけど、太陽が出ているときにはサングラスをかけないといけないんだ。つまり、そういうときの大半では」

「まあ、それはよかった。その、視力に関しては」

「どうも。で、きみは壁の向こう側なんだろ？」

「なに？」

「ハリウッド分署だろ？」

「ええ、そう、ハリウッド。じゃあ、あなたは消防署勤務？」

「そうさ。ひょっとしたらいつか駐車場で会うかもしれないね」

「そうね」

「だけど、いまきみがしなければならないのは、退勤して、家に帰り、休むことだ」

「それはできない。わたしは今夜当直しているたったひとりの刑事だから」

「うん、だけど、脳が腫れて、発作を起こしたら、刑事としての活動はあまりできないんじゃないかな？」

「本気？」

「きみは頭に強い衝撃を受けた。直撃損傷や対側損傷――脳の負傷や腫れ――は、時間の経過とともに進行する可能性がある。きみがそうだとは言わない。ほんの少しの瞳孔散大が見られるだけだから。だけど、無理は禁物だ。眠ってもいいが、だれかに二時間かそこらおきに起こしてもらって、状態を確認してもらわないと。これには注意が必要なんだ。夜のあいだずっときみをチェックしてくれるような人間が家にいるかい？」

「わたしは独り暮らしなの」

「じゃあ、おれに電話番号を教えてくれ。数時間おきに電話する」

「本気？」

「マジ本気。こういう怪我を甘くみてほしくない。上司に連絡し、帰宅すると伝えるんだ。もし上司がおれと話をしたいと言うなら、いま話したことを伝えよう」

「わかった、わかった、言われたようにする」

「電話番号を教えてくれ」

バラードは自分の名前と携帯番号が記された名刺をシングルに渡した。彼が状態を確認するため連絡してくるというのをまだ疑っていた。だが、そうしてくれるといいなと期待した。バラードはシングルの顔や態度が気に入った。彼の目の鍵穴が気に入った。

「で、わたしは運転してかまわない？」バラードは訊いた。「返却しなきゃいけない警察車両で来ていて、自分の車に乗り換えないと」

「われわれは署に戻るので、きみの車をおれが運転できるよ。どこに住んでいるんだい？」

「ロス・フェリズ」

「そうか、そんなに近いなら、ウーバーを呼ぶか、パトロール隊員のだれかに送ってもらえるな」

「ええ。それは手配できると思う」

「よかった。じゃあ、二時間おきに確認の電話を入れるよ」

20

深く眠って夢を見るたびにバラードは携帯電話の音で引きもどされるようだった。救急救命士のシングルはバラードの状態を確認するという約束を律儀に守った。そのサイクルは一晩じゅうつづいて、日曜の朝になり、シングルはようやく、邪魔されずに眠っても大丈夫だ、と言った。

「太陽が昇ったいま、わたしはすてきな夜のお休みをできるということ？」バラードは訊いた。

「それがきみのノーマルなスケジュールだと思っていた」シングルは言った。「夜間勤務シフトで働いているんだろ？」

「あなたに苦言を呈しているだけ。わたしの状態をチェックしてくれてありがとう。とても感謝している」

「いつでもどうぞ。次に脳震盪を起こしたら、おれに連絡してくれ」

バラードは顔に笑みを浮かべて電話を切った。とはいえ、目の奥で頭痛がしていたが。よろよろと立ち上がり、足をふんばると、バスルームに入った。冷たい水を顔に浴びせてから、鏡で自分の顔をじっと眺めた。目の下に青っぽい隈《くま》ができていたが、瞳孔の散大は正常に戻ったようだ。少なくとも、昨夜帰宅したときと比較すれば。すると、救急救命士シングルの鍵孔瞳孔が頭に浮かんで、バラードはまた笑みを浮かべた。

午前八時だった。繰り返し中断された睡眠サイクルのあとで、まだくたびれていた。スウェットを着たままベッドに戻り、もう少しうたた寝してみることを考えた。やらなければならないことがたくさんあるのはわかっていたが、休息を取る必要があり、今夜の次のシフトに備えなければならなかった。目をつむると、すぐにあらゆることが忘却の彼方《かなた》に消えた。

夢のなかで、バラードは水中で息ができた。空気を求めて水面に突進する必要はなかった。肺が焼けることもない。青い水越しに太陽を見上げた。陽の光が水を貫いて、温《ぬく》もりと快適さを届けた。バラードは仰向けになってのんびりと海流に身を任せ、上を見て、太陽がドングリのような形をしていることに気づき、それが太陽でもなんでもないのを悟った。

目を閉じたとたんに携帯電話が鳴って起こされた気がしたが、電話に手を伸ばすと三時五十分を表示していて、自分が八時間近く眠っていたことを悟った。電話はボッシュからだった。

「おれのメッセージを受け取ったかい？」

「いえ。なんなの？　なにがあった？　電話をかけてきたの？」

「いや、ショートメッセージを送ったんだ。きょう、ハビエル・ラファの告別式がある」

「クソ、いつ？　どこで？」

「オキシデンタル大通りのセント・アン教会で十分後にはじまる」

バラードはそこが自分の家からそれほど遠くないのを知っていた。携帯電話で見逃したショートメッセージや電子メールをスクロールして確認できるよう、ボッシュとの通話をスピーカーにした。ボッシュから三通、警部補から一通、ショートメッセージが届いていた。届いていた電子メールの一通は、ミッドナイト・メンの最初の被害者であるボビー・クラインからだった。ほかのメールは重要なものではなかった。

「どうしてこんなに寝倒したのか、わけがわからない――昨夜、脳震盪を起こしたの」

「なにがあったんだ？」

「あとで話すわ。あなたは教会にいるの？」

「来ているが、なかには入っていない。おれは目立ってしまうと思うんだ。いい場所を見つけて、到着する連中を見張っている。ホイルがここに来ていると思う。少なくともホイルだと思われる白人がひとりいる」

「わかった。いまから向かう。起こしてくれてありがとう」

「ほんとに大丈夫なのか？」

「大丈夫よ」

バラードはすばやく着替えて、駐車場に下りていった。彼女の車はそこにあった。救急救命士シングルの命令に逆らって、昨晩、当直指揮官に言って早退したあと、自分で運転して帰ったのだった。

バラードはヒルハースト・アヴェニューをまっすぐ進んで、ビヴァリー大通りにたどりつき、そこからオキシデンタル大通りに向かった。半ブロック先の路肩に車を停められる場所を見つけ、ボッシュに電話をかけた。

「ついた。まだ、待機中？」

「そうだ」

「オーケイ、わたしはなかに入るつもり。あとで未亡人と話をできるかどうか確かめてみる」

「いい考えだな」

「ほかにだれか注意すべき訪問者は？」

「強面《こわもて》連中がおおぜい来ている。耳までタトゥを入れている連中が。いっしょについていこうか？」

「いいえ、大丈夫でしょう。ホイルを尾行する価値があると思う？　あなたが見たのがホイルだとしたら？」

「わからん。日曜日の夜に彼がどこかにいく予定があると思うか？　たぶん体裁のため、ここに来ているんだろう。もし姿を見せなければ疑いが生じかねない――どういう意味かわかっていると思うが」

「ええ。だけど、ラファ未亡人がなにが起こっているのか気づくまで待って」

「きみはあそこで未亡人に話をするつもりか？」

「いいえ、話すのは待つ。オーケイ、いまからいく」

バラードは電話を切り、車を降りた。通りを歩いていき、遅くに到着した数人のはぐれた人々のあとをついていった。歩を速め、彼らのあとを追って、隠《かく》れ蓑《みの》にしようとした。告別式は教会本堂の横にある礼拝堂でひらかれた。そのため、参列者が多すぎて、なかに入り切れず、バラードははぐれた人々とともに外の廊下に立っていた。天井にスピーカーが設置されていて、友人たちや仕事仲間からの感謝の言葉や涙ながらの思い出話を、会衆が歌う賛美歌同様、聞き取ることができた。賛美歌と大半の感謝の言葉は、スペイン語だった。ハビエル・ラファが家族を育て、事業を営むために暴力的な生活を捨てたあげく、暴力がまた彼を見つけてすべてを奪い去ったことを多くの人が嘆いているのがバラードにもスペイン語を聞いてわかった。

四十五分後、式が終わり、近親者たちがまず礼拝堂を離れて、ドアの外に挨拶の列を作った。バラードはうしろに下がったまま、教会の側面に沿ってつづく歩行者通路に並ぶアーチのひとつから、様子をうかがった。

すぐにハビエル・ラファの出資はするが経営には加わらない共同経営者、デニス・ホイル医師が礼拝堂から出てきた列のなかに姿を現したのを見た。バラードは家族向け歯科医院のウェブサイトに掲載されていたスタジオ撮影写真でホイルだと見分けがついた。彼は全身が角張っていた――痩せていて、鋭い肩と鋭い肘をしていた。髪が白くなりかけており、ごま塩のヤギひげを生やしていた。

バラードはいまがホイルと話をする格好のときかもしれないと悟った。彼は警察に聴取されるのをまったく予想していないだろう。バラードはすばやくボッシュにその計画をショートメッセージで伝え、家族の挨拶の列に向かうホイルの順番が来たのを見つめていた。ホイルが彼らに会うのがはじめてなのは明白だった。未亡人にすら初見だったようだ。ホイルは彼らのだれにもハグをせず、未亡人に両手でお悔やみの握手をした。ホイルは体をまえに倒して未亡人になにごとか言うか、おそらくは名乗ったのだろうが、バラードが未亡人の表情とボディーランゲージを読んだところでは、彼女はホイルが何者かわかっていないようだった。

ハビエル・ラファの息子、ガブリエルが挨拶の列の端にいた。ホイルは一度だけ単純にうなずくと、若者の肩を激励の意味で摑み、顔に純粋な安堵《あんど》の表情を浮かべて離れていった。バラードは腕を使ってジャケットを押さえ、ベルトのバッジを隠した。ホイルに目のまえを通り過ぎていかせると、身を翻して彼のあとを追った。

ホイルが通りに向かうと、バラードはボッシュが歩道に立ちはだかっているのを見ることができた。彼はスーツ姿だった。告別式の場に入っていかねばならなくなった場合に備えて。だが、そのスーツは、ふたりがこれからやろうとしていることに役立った。

バラードはホイルのあとを追い、追いつくため足を速めた。ボッシュは歩道のまんなかに陣取り、どっちへ向かおうか決めかねているホイルの足取りを遅くさせた。

「ホイル先生？」バラードが声をかけた。

街のこのあたりにいるだれかが名前を知っていたことにショックを受けたかのようにホイルは勢いよく振り返った。

「あー、はい？」ホイルは言った。

バラードはジャケットを引っ張り、バッジと腰のホルスターに入れている銃を見せた。

「わたしはロス市警のバラード刑事です。こちらは同僚のハリー・ボッシュ」

バラードはいまやホイルの背後に来ていたボッシュを指し示した。歯科医はうしろを振り向いてボッシュを見てから、またまえを向いてバラードを見た。

「はい？」ホイルは言った。

「わたしはハビエル・ラファの殺害事件を調べています」バラードは言った。「もしお時間があるなら、あなたにいくつか質問があるんですが」

「わたしに？」ホイルが言った。「なぜわたしに質問をしたいんです？」

「まあ、そもそも、あなたはハビエル・ラファの共同経営者ですよね？」

「まあ、たしかにそうだが、わたしは起こったことについてなにも知らないんだ。つまり、現場にすらいなかった」

「それはかまいません。われわれは徹底した捜査をすることになっており、彼を知っているすべての人と話をする必要があるんです。あなたが彼の共同経営者だとしたら、あなたは彼のことをとてもよく知っているはずですね」

「あれはビジネス上の投資だった、それだけだ」

「オーケイ、それを知ることができてよかった。車をどこに停めてますか？　教会から離れたところで話をしたほうがいいかもしれません」

「あー、ここに停めているんだが、わたしは――」

「車まで案内して下さい」

ホイルは4ドアのメルセデスを運転していた。たまたま、彼はボッシュの古いジープのうしろにその車を停めていた。ボッシュもバラードもそのことに触れなかった。ボッシュがロス市警の刑事であるという芝居にそのことがひび割れを生じさせるかもしれなかったからだ。一同がホイルの車にたどりつくと、ホイルはポケットからリモコン・キーを取りだして、ドアのロックを解除した。するとホイルはバラードとボッシュに向き直った。

「いいかね、いまは話をするのにいいときではない」ホイルは言った。「わたしは友人の告別式に出たばかりで、そのことで感情的になっている。いまは自宅に帰りたいんだ。どうか――」

「どうやって知ったんですか？」バラードが口をはさんだ。

「どうやって彼が亡くなったのを知ったかというのかね？」ホイルが言った。「新聞に出ていたんだ――オンラインの」

ホイルがなにかほかのことを口走る場合に備えて、バラードは一瞬黙った。ホイルは口走らなかった。

「いえ、わたしが言わんとしていたのは、どうやって彼が共同経営者をさがしているのをあなたが知ったのかということです」バラードは言った。「投資家を。ギャングから足を洗うために自分に金を貸してくれる人を」

一瞬、ホイルの目が大きく見開かれた。ホイルはバラードの知識に驚いていた。

「わたしには……その、その手のことでアドバイザーがいるんだ」ホイルは言った。

「ほんとですか？」バラードは訊いた。「それはだれです？　わたしはそのアドバイザーの話を聞きたい」

「言っただろ、いまはいいときではないと。出ていっていいかね？」

バラードはホイルが去るのを足止めしたりはしないと言うかのように両手を広げ

た。

「じゃあ、いっていいんだね？」ホイルは言った。

「いまここである程度はっきりさせておけば、ホイル先生、あなたのためになりますよ」バラードが言った。

「なにをはっきりさせるというんだ？　いっていいときみは言ったばかりだぞ」

「いいえ、わたしが言ったのは、いまここでわれわれにしゃべったほうがいいですよ、ということです。あなたの医院にわれわれがお邪魔するのは望まないんじゃないですか？」

ホイルは自分の車のドアを勢いよくひらいたが、それは反動ですぐ閉まってしまった。憤慨して、ホイルはドアを再度ひらき、ささえた。

「わたしはなにも悪いことはしていない。あんたたちはわたしにハラスメントをしている！」

ホイルは車に飛び乗り、ドアを叩き閉めた。エンジンをかけ、縁石を離れると、バラードとボッシュのそばを掠《かす》めるように走り去った。

「あれがハラスメントだと考えているなら、彼はまだなにも目にしていないな」バラードは言った。

ボッシュはバラードの隣に立ち、メルセデスがオキシデンタル大通りを北に進んでいくのを見つめた。

「ちょっと強めに出すぎたかな？」バラードが訊いた。

「あの男はそう思ったな」ボッシュが言った。

「クソ野郎」

「あいつはまさにいま自分の共同経営者たちに電話をかけているだろう。そうさせてよかったのかい？」

「わたしがここにいることを連中に知らせたかったの」

21

バラードとボッシュは教会に戻り、家族が弔問者の列への挨拶を済ませたかどうか確かめた。礼拝堂の入り口にはだれもいなかった。バラードはなかを覗きこみ、未亡人と娘たちの姿を見たが、息子のガブリエルはいなかった。

「ガブリエルを見つけないと。必要に応じて通訳できるから」バラードは言った。

「彼らが出ていきはじめる場合に備えて、ここにいて」

「おれが引き留めるよ」ボッシュは言った。

バラードは廊下に引き返し、より大きな聖堂につながっている両開きの扉を覗きこんだ。ガブリエルが信者席にひとりで座っているのが見えた。バラードはなかに入り、静かに中央通路を歩いていった。ガブリエルは木のベンチにペンナイフでなにかを刻んでいた。『GOD S』と読めたが、この三日間が過ぎたあとで、被害者遺族の少年が『SAVES』と刻もうとしているとはバラードには思えなかった（GOD SAVES で「神が救いたもう」の意だが、少年はおそらくGOD SUCKS「神なんてクソだ」と記そうとしていた。）。

「ガブリエル」バラードは言った。「よしなさい」

少年はとても驚いて、ナイフを取り落とした。ナイフは大理石の床の上に音を立てて転がった。バラードは少年の顔に涙の跡がついているのを見て取った。

「ねえ」バラードは言った。「あなたの家族に起こったことはひどいとわかってる。そのことでなにか役に立つことをしたいのなら、あなたのお母さんとわたしが話すのを手伝って。さあ」

バラードは通路に戻った。少年はためらったが、ナイフに手を伸ばそうとした。

「それをわたしに寄こしなさい」バラードは言った。「あなたにそれは必要ないし、持っていればトラブルを招くだけよ。さあ、お母さんと話しにいきましょう」

ガブリエルは信者席から出てきて、ナイフをバラードに手渡した。礼拝堂にたどりつくまで少年はずっとうつむいていた。バラードはナイフを折りたたみ、ポケットに入れた。

「あなたのお父さんの身に起こったことは、正しいことじゃなかった」バラードは言った。「だけど、彼はストリート・ライフから逃れた。それは彼があなたたちのために望んだことだった。彼を失望させないで、ガブリエル」

「させるもんか」ガブリエルは言った。

「こないだの夜、お父さんには共同経営者《パートナー》がいるって、話してくれたでしょ――マリブの白人だと。その人は、きょう、式に来てた？」

「そう思う。その人は白人なんだろ？」

「わからないわ、ガブリエル。わたしがあなたに訊いているの。その人の名前を知ってる？」

「いや、覚えてない。店に来たときに一回見かけただけなんだ」

ボッシュは礼拝堂の扉の外で待っていた。彼はバラードにうなずき、残りの家族がまだなかにいるのを示した。

バラードとガブリエルはなかに入った。ボッシュはあとにつづいたが、扉のそばに留まった。バラードは家族に自己紹介し、いくつか質問をする必要がある、と告げた。必要があれば、ガブリエルが自発的に通訳してくれる、とも言った。母親はヨセフィーナという名前で、バラードと話すことに同意した。ここ数日で流した涙が茶色い彼女の顔に永遠の皺を刻んでいるようだった。ヨセフィーナは、バラードが百回は目にしてきた愛する男を暴力によって奪われた女性の表情を浮かべていた――どうやって生きればいいの？　どうやって家族を養っていけるの？　という表情だ。

「まず、われわれはハビエルにこんなことをした犯人を見つけるために全力を尽くしていることを断言します」バラードはゆっくりと話すよう気をつけながら、言った。「いくつかの手がかりを摑んでいて、それをいま追いかけているところであり、それによって逮捕につながればいいと願っています。捜査の内容をすべて明らかにすることはできませんし、いまから訊ねるいくつかの質問は変に聞こえるかもしれません。我慢して聞いて下さい。あなたがたが提供する情報は重要であるとわかっていてほしいのです。わたしの言ったことがわかりましたか、それともガブリエルに通訳してもらいましょうか？」

「はい、わかります」ヨセフィーナは言った。

「よかった。ありがとう。病院でこないだの夜お訊ねしたことからはじめさせて下さい。ハビエルに危害を加えたがっていた人間をだれか知っていますか？」

「いいえ。だれがそんなことをします？　ハビエルはいい人でした」

「彼は最近、怒った顧客や従業員の話をしてました？」

「いいえ。みんなハッピーです。ハッピーな場所でした」

「ハビエルは遺書を残しましたか？」

ヨセフィーナの顔に困惑が浮かんだ。バラードはガブリエルを見て、どうやって説明しようかと考えた。ボッシュが礼拝堂のうしろから声をかけた。

「ウルティモ・テスタメント」

バラードはボッシュを振り返り、うなずいた。殺人事件担当刑事として現役のころ、このような会話を何度も交わしたことがあるのだと悟る。バラードはスペイン語で息子に話しかけているヨセフィーナに視線を戻した。

「母は知りません」ガブリエルが答えた。

「彼には弁護士がいましたか？」バラードは訊いた。「アボガド？」

「シ、シ、シ」ヨセフィーナは言った。「ダリオ・カルベンテがあの人の弁護士です《ダリオ・カルベンテ・エス・ス・アボガド》」

バラードはうなずいた。

「ありがとう」バラードは言った。「われわれはその弁護士に連絡します。彼はわれわれと話す許可をあなたに求めるかもしれません」

ガブリエルが翻訳し、ヨセフィーナはうなずいた。

「ミスター・カルベンテは、きょう出席していましたか？」

ヨセフィーナはうなずいた。

「ご主人の仕事上の共同経営者をご存知でしたか？」バラードは訊いた。

「いいえ」ヨセフィーナは答えた。

「彼はきょう来ていましたか？　ドクター・ホイルは？」

「わかりません」

ヨセフィーナがハビエルの仕事上の取引についてほとんど知らないこと、遺書や保険、パートナーシップに関する記録のようなことについてはっきりさせるには、弁護士と話をする必要があることがバラードには明らかになった。

「ヨセフィーナ、ハビエルがラス・パルマス・ギャングから足を洗うのにお金を払わなければならなかったことを知ってましたか？」バラードは訊いた。

ヨセフィーナはうなずき、時間をかけて答えをつむごうとしているように見えた。

彼女はスペイン語で答え、ガブリエルが翻訳した。

「もし彼がギャングの仕事をしていたら、わたしたちは家族を持てなかった」ガブリエルは言った。

「彼はいくら払わなければならなかったんでしょう？」バラードは言った。

「ベインティシンコ」ヨセフィーナは言った。

「二万五千？」

「シ。はい」

「オーケイ。彼はどこからそのお金を手に入れたんです？」

「歯医者《エル・デンテイスタ》さん」

「彼のパートナーですね」

「シ」

「どうやって彼はその歯医者と知り合いになったんですか？　だれがその歯医者を連れてきました？」

ガブリエルがその質問を翻訳したが、返事として翻訳できるものはなかった。ヨセフィーナは首を横に振った。彼女は知らないんだ。

バラードは捜査でなにか報告できることがあれば連絡すると言い、ヨセフィーナが内容を確実に理解できるようガブリエルに翻訳してくれと頼んだ。そののちバラードとボッシュはその場をあとにして、ボッシュの車に歩いていった。

「ダリオ・カルベンテをさがしだせるか確かめてみるべきかしら。アボガドを」バラードが訊いた。

「日曜だよ」ボッシュは言った。「事務所にいないんじゃないか」

「見つけることはできる。わたしの車でいきましょう。あとであなたの車まで送り届ける」

「完璧だ」

バラードは携帯電話で弁護士の名前をグーグル検索し、彼のウェブサイトを見つけた。自分の車にたどりつくまえに、バラードは弁護士の事務所の電話にメッセージを残した。シンディ・カーペンターの弁護士同様、カルベンテのウェブサイトも二十四時間休みなしのサービスを謳《うた》っていた。

「すぐに電話を折り返してこなかったら、車両登録局のデータベースを調べて、自宅住所を手に入れる」バラードはボッシュに言った。

ふたりがディフェンダーに乗ると、ほぼ同時に発信者表示のない電話がかかってきて、バラードはカルベンテだと予想した。

「バラード刑事」

「バラード、わたしの電話を避けているのか？」

ロビンスン＝レノルズ警部補の声だとわかった。

「警部補、いいえ。わたしは、あの、教会にいたので、携帯電話の電源を切っていたんです」

「日曜なのはわかっている、バラード。だが、きみが教会にいくタイプだと思っていなかったぞ」

「殺人事件被害者の葬儀だったんです。遺族と話をし、それに、だれが姿を現すのか確認する必要があったんです」

「バラード、きみは働いてはならないんだ。病院にいるべきなんだぞ」

「わたしは元気です、警部補。頭をぶつけただけです」

「いいか、昨晩の報告書では、救急救命士がきみに家に帰るように命じている。救急救命士にこれを任せたくはないんだ、いいか？　きみにはERにいって、検査を受けてもらいたい。それまで仕事はいっさいしてはならん」

「わたしは手がかりを追っているんです。言ってますようにわたしは――」

「これは提案ではないのだ、刑事。これは命令だ。頭の怪我でリスクを冒すわけにはいかん。ERにいき、検査を受けるんだ。そののち、わたしにわかるように連絡してくれ」

「わかりました。ここの用を済ませて、向かいます」

「今夜だ、刑事。今夜、きみから報告を受けたい」

「わかりました、警部補」

バラードは電話を切り、ボッシュにその命令について話した。

「賢明な動きに聞こえるな」ボッシュは言った。

「あなたもなの？」バラードは言った。「わたしは元気だし、そんなことをすれば大きな時間の無駄になる」

「きみは警官だ。すぐに調べてくれるさ」

「シフトがはじまるまで検査を受けない。自分の時間を無駄にしたくない。時間と言えば、このアボガドが電話を折り返してくるのを待つ気はない。なにが二十四時間休みなしよ、嘘つき」

バラードは通信センターに連絡し、所属を明らかにして、自分のシリアルナンバーを伝え、ダリオ・カルベンテの車両登録局情報の確認を求めた。運がよかった。ロサンジェルスの住所を持っているダリオ・カルベンテはひとりしかいなかった。オペレーターに礼を告げると、バラードは電話を切った。

「シルヴァー・レイク」バラードは言った。「まだいきたい？」

「やろう」ボッシュは言った。

車で到着するのに十五分かかった。カルベンテは、貯水池の向かいにある一九三〇年代スペイン様式の家に住んでいた。ふたりは石畳の階段を上って、玄関ポーチにたどりついた。湖の景色に面した大きなピクチャーウインドウが備わっていたが、それは**ブラック・ライヴズ・マター**の看板に覆われていた。

バラードはドアをノックし、ベルトからバッジを外して、手に持った。応対に出てきたのは四十がらみの男性で、バラードは告別式の遺族挨拶列にいた人間であると見覚えがあった。男性はまだスーツを着ていたが、ネクタイは外していた。太い口ひげを生やし、ボッシュの瞳とおなじくらい濃い茶色の目をしていた。

「カルベンテさん、ロス市警です」バラードが言った。「ご自宅にお邪魔してすみませんが、あなたの事務所にメッセージを残したものの、折り返しの電話をいただけなかったので」

カルベンテはバラードを指さした。

「きょう、きみを見た」カルベンテは言った。「ハビエルの告別式で」

「そのとおりです」バラードは言った。「わたしの名前はレネイ・バラード、こちらは同僚のハリー・ボッシュです。ヨセフィーナ・ラファから、あなたが彼女の夫の弁護士であるとうかがいました。いくつかお訊ねしたいことがあります」

「なにを言えるのかわからん」カルベンテは言った。「たしかに、ハビエルのため、いくつか仕事はしたが、わたしの車の修理と引き換えのものだった。本質的に彼の弁護士であるとは言えないな」

「ハビエルに別の弁護士がいるかどうかご存知ですか？」

「いや、いるとは思わない。だからこそ、彼はわたしに手伝ってもらえるかどうか訊いてきたんだ」

「それはいつのことですか？」

「あー、数ヵ月まえだな。わたしの妻が、彼女が事故を起こし、車をハビエルのところにレッカー移動したんだ。彼はわたしが弁護士だと知ると、少し仕事をしてほしいと頼んできた」

「どんな仕事だったんですか？　話してもらえますか？」

「依頼人との秘匿権利があるが、ハビエルがサインした契約がらみだった。共同経営権の解消方法を知りたがった」

「それは彼の事業に関するものでしたか？」

カルベンテはふたりから視線を外して、貯水池のほうを見た。答えるべきかどうか検討しているかのように首を前後に傾けた。やがてバラードを見て、こっくりと一度うなずいた。

「あなたはハビエルを手助けできましたか？」バラードは訊いた。

「契約法はわたしの専門ではないんだ」カルベンテは言った。「きみが攻撃できる余地はその契約に見当たらない、と彼に言った。加えて、契約法に詳しい弁護士にセカンド・オピニオンを聞くべきだとも伝えた。紹介が必要だろうか、と訊いたところ、要らないと言われた。そしてその助言によって、彼はうちの車の修理代金を割り引いてくれた。それだけだ」

「その共同経営者がデニス・ホイルという名前だったのを覚えていますか？」

「その名前だったと思うが、確かじゃない。数ヵ月まえの話なんだよ」

「その契約を破棄したい理由について、ハビエルはなにかあなたに言ってましたか？」

「いい状況ではない、とだけ言った。ずいぶんまえにその男に負債を払い終えたのに、まだ事業の利益から払いつづけなきゃならないのだ、と。その契約には解除条項がなかったと覚えている。事業がつづいているかぎり、共同経営権が継続するものだった」

「事業のホイルの取り分はいくらでした？」

「二十五パーセントだと思う」

「あなたが彼のためにやったことがその契約の検討だけだったとしたら、なぜあなたはきょう告別式に出席したんですか？」

「あの、わたしは、その、遺族にお悔やみを申し上げ、なにか役に立てることがあればなんでも言ってほしいと伝えたかったんだ。もちろん、法的な立場から」

「ところで、彼が殺人事件の被害者であることをどうして知ったんです？」

「けさ教会に出席して告別式が予定されているのを見たんだ。きょう式に出るまで殺人事件だったとは知らなかった。遺族にとって恐ろしいことだ」

バラードは聞き逃した質問はないかどうか確かめるため、ボッシュのほうを見た。

ボッシュは首を横に振り、バラードはカルベンテに視線を戻した。

「ありがとうございます、カルベンテさん」バラードは言った。「とても助かりました」

「どういたしまして」カルベンテは言った。

ボッシュは通りにつながっている階段をゆっくり下りていった。バラードは彼が下りるのを待たねばならなかった。歩道に下りると、ボッシュは声を殺してつぶやいた。

「救急車を追いかけるハイエナ弁護士だ。あの弁護士はハビエルのことをろくに知らないのに、葬式にいくんだ」

「ええ。シドニー・ルメットの映画『評決』を見たことがある？」

「ないと思う。おれはもうあまり映画を見にいかないんだ」

「ポール・ニューマンが主演している古い映画。一時期、わたしはポール・ニューマンのファンだったの。とにかく、彼は弁護士役だった——実際には飲んだくれで——葬式に出かけて、名刺を配ることで仕事を獲得しようとしていたのね」

ボッシュは弁護士の家を振り返った。

「あいつは膨大な数の葬式にいかねばならなかったんだな」ボッシュは言った。

「まあ、彼がくれた情報はいいものだった」バラードは言った。「ハビエルは契約を打ち切りたかった。そこに動機がある」

「確かに。だが、ホイルは契約に守られるはずだ。契約は有効だとカルベンテは言っていた。われわれはあいかわらずあいだをつなぐ代理人《ファクター・マン》の男を見つけなければならない。そいつがワルサーP22を持った男のところに連れていってくれると期待している」

「今夜、わたしはギャング対策課にもう一度いってみる。ハビエルが金を払ってラス・パルマスから足を洗ったと何年もまえに対策課の人間に伝えた内通者をあそこでは抱えている。それは女性だと思う。わたしにその女の名前を教えてはくれなかったけど、いまなら教えさせられると思う。その女なら、ハビエルをホイルにつないだ人間を知っているかもしれない」

「それはいい計画に聞こえるな」

十五分後、バラードがボッシュを彼の車のところで降ろし、ハリウッド長老派教会病院のERに向かっていたところ、救急救命士のシングルから電話がかかってきた。

「気分はどうだい？」シングルは訊いた。

「実を言うと、いまERに向かっているところ」バラードは言った。

「ああ、なんてこった、なにがあったんだ？」

「なにも、わたしは元気よ。ERでお墨付きをもらうまで、ボスが今夜わたしを勤務に戻らせてくれないの。非常に優秀な救急救命士がきょうOKを出してくれたんだと言ったのに、検査にいかせようとするんだ」

「ああ、それは最悪だな。きみを消防署ディナー・パーティーに誘おうとしてたんだ」

「わあ、そんな招待をもらったことがない。なにが出てくるの？」

「あらゆるものが。グリルド・チーズ、チリコンカン。アップルパイをだれかが持ってくると思う。サラダや軸付きトウモロコシもあると思う」

「じゃあ、サラダとグリルド・チーズをもらおうかな」

「ああ、まるで菜食主義者が来るみたいだ」

「たんにもう赤身の肉を食べないだけ」

「かまわないさ。だけど、ERにいくんじゃなかったっけ」

「どちらかというとディナーを優先させて、就業時間にERにいきたいな」

「じゃあ、来てくれ。ディナーは三十五分後だ。出動要請がかかって、出ていかなきゃならないなんてことがないかぎり」

「これから向かう。だけど、ゲストを招待してかまわないの？」

「だれかひとりは招待できるんだ。一晩、ひとりのゲストが認められる。きみが消防署のチリコンカンを好きだと期待して、今夜の権利をほかのやつと交換したんだ。だけど、グリルド・チーズもおなじようにうまいよ」

「わかった、すてき。じゃあ、またあとで。最後にひとつ質問があるんだけど……」

「どうぞ」

「あなたのファーストネームはなに？」

「ああ、ギャレットだ」

「ギャレット。すてき。じゃあ、またあとで、ギャレット」

電話を切ると、バラードは携帯電話の連絡先リストにシングルのフルネームを入れて、新しく登録した。そこにしばらく留まってくれるよう願う。バラードは車を警察署の裏に停めた。消防署に向かうまえに、分署のロッカールームに潜りこんで、軽く化粧をした。グリルド・チーズのディナーのため消防署に向かうだけだが、いい印象を与えたかった。

22

ディナーは楽しかった。シングルはバラードを同僚に紹介してくれ、バラードは拍手喝采で迎えられた。そして、グリルド・チーズは悪くなかったが、食事《フード》と楽しみ《ファン》は、救急救命士シングルと彼のレスキュー・チームが、市内でもっとも交通量の多い交差点のひとつ、ハイランド・アヴェニューとハリウッド大通りの交差点での交通事故に出動することになり、短時間で終わった。彼らはあっというまに現場に向かい、バラードはナプキンにはさんだグリルド・チーズ・サンドイッチの残り半分を持って、消防署と警察署をわけている壁の向こうに向かった。中間シフトの点呼の場に座ったまま、バラードはサンドイッチを署内で平らげた。中間シフトは午後八時に終了する——バラードの通常の勤務開始時刻だ——そして、点呼の参加人数は比較的少なく、形式ばっていなかった。だれもバラードがサンドイッチを食べ終わるのに異議を唱えなかった。

そのあと、バラードは二階の廊下にまっすぐ下りていき、ギャング取締特別班《GED》の部屋にいって、ダヴェンポート巡査部長をさがした。彼は三夜まえに見かけたのとおなじところに座っていた。もし服が変わっていなかったら、一度も動いていないと思ったかもしれなかった。バラードはブリーフケースからダヴェンポートに渡されたファイルを抜き取り、彼の机の上に置いた。バラードはファイルを指し示した。

「ラス・パルマス団三号《LP3》」バラードは言った。「彼女と話をする必要がある。今回は本気よ」

ダヴェンポートは、さかさまに置いた屑籠《くずかご》に支えられていた足をどけ、上体を起こした。

「バラード、内通者の名前を簡単に手渡せないのはわかっているだろ」ダヴェンポートは言った。

「よくわかってる」バラードは言った。「警部に話を通さないとだめでしょう。あるいは、あなたが内通者本人に会いにいき、わたしがついていくというのも可能。どちらの方法でもわたしはかまわないけど、これはいまや計画殺人事件であり、ほかの計画殺人事件と結びついている。わたしは彼女が知っていることを突き止めなきゃならない。で、あなたはどうしたい？」

「まず第一に、言ったと思うが、内通者は――」

「いいえ、女性よ。わかってる。いや、推測したと言い直す。この捜査に協力するの、それとも妨害するの？」

「遮らずに聞いていてくれれば、LP3がもはや現役ではなく――もう何年も活動していない――それに、自分の汚れた歴史を思いださせる人間と話すことに興味を持たないだろうということを知っただろうに」

「じゃあ、わかった。警部の自宅に電話する」

バラードはドアのほうを向いた。

「バラード、なあ」ダヴェンポートは言った。「いつもそんなふうにふるまうのはなぜだ、まるでビッ――」

バラードはダヴェンポートを振り返った。

「なに？」バラードは言った。「まるであばずれ《ビッチ》みたいだと？　もし殺人事件を解決したいと思う人間をビッチと呼ぶなら、けっこう、わたしはビッチよ。だけど、この警察には、尻を持ちあげて、家々のドアをノックしたいと思っている人間がまだいるの。わたしはそうした人間のひとり」

ダヴェンポートのこめかみが怒りからか、恥ずかしさからか、ピンク色に染まった。二級巡査部長として、ダヴェンポートはバラードの二級刑事よりも階級がワンランク上だったが、私服を着ていても、彼は刑事ではなかった。その違いが階級の優位性を打ち消していた。バラードは自分が望むことを、なんの影響も受けずに彼に言うことができた。

「オーケイ、いいか」ダヴェンポートは言った。「彼女に連絡を取って、説得するのに少し時間がかかる。それをしてから、おまえに連絡する」

「今夜会いたいの」バラードは言った。「これは殺人事件よ。それに、やっと情報提供者が女性だと明かしたね」

「もうばれてるだろ、そうじゃないか、バラード？」

「わたしはハリウッド長老派教会病院にちょっと出かけないといけないんだけど、ミーティングが設定されたという連絡を期待している」

「けっこう、出かけてくれ」

「用事が済んだら連絡する」

バラードはローヴァーを持ちだし、警察車両で病院に向かい、バッジを利用して、ERの受診列の先頭に並んだ。バラードは検査を受け、異常なしという診断を医師にもらい、車に戻ると、自宅にいるロビンスン＝レノルズ警部補に連絡して、そのニュースを届けた。

「それはよかった、バラード」ロビンスン＝レノルズは言った。「きみが大丈夫なのが嬉しいよ」

「大丈夫だと言いましたよね」バラードは言った。

「ああ、まあ、正規の手続きを取らねばならなかったんだ」警部補は言った。「あの救急救命士どもは野蛮人の集まりだ。もし自分の母親が階段で投げ飛ばされたなら、医者に診断してもらいたい。言いたいことはわかるな？」

バラードは、いまのセリフのどの部分に異議を唱えたものか、あるいはそもそもその価値があるのかどうかもわからなかった。だが、階段で投げ飛ばされたという箇所は、ロビンスン＝レノルズがバラードとその能力をどう見ているかという点において、後々影響を与えることがあるだろう。

「なにを言われたのかわかりませんが、警部補、わたしは階段で投げ飛ばされたのではありません」バラードは言った。「わたしが階段を上がっていると、いわゆる被害者がわたしに向かって走ってきたんです。わたしは彼を摑み、われわれはふたりとも階段から落ちたんです」

「言い方の問題だ、バラード」ロビンスン＝レノルズは言った。「で、きみは仕事に戻れるんだな？」

「ずっと働いています。一度も止めてません」

「オーケイ、オーケイ、悪かった。で、なにをやっていたのか話してくれないか。一度も働くのを止めていないなら。捜査状況はどうなっている？」

バラードは少し時間を取って、考えをまとめた。

「ラファの事件――殺人事件――では、ギャングの内通者との会合を準備しています。ラファを殺害する動機を持っている投資家に関する情報を手に入れられることを期待しています」

「その動機とはなんだ？　ラファはその男に金を借りていたのか？　そんなことはいい動機にはけっしてならんぞ。自分に金を借りている男をなぜ殺す？　そんなことをすれば金が返ってこないだろう」

「それは動機ではありません。ラファは昔、ラス・パルマス団から足を洗うため、その投資家から金を受け取りました――二万五千ドルを。それによって投資家は出資はするが経営には加わらない共同経営者になったんです。いまラファが死んだことで、その共同経営者はラファの事業と、もし掛けていたとしたら保険金、それにもっとも重要なのは、自動車修理店がある土地を手に入れるんです。そこに金と動機が存在します」

「わかった、バラード。それはいい。じつにいい。だが、ウェスト方面隊が一息ついたら、その事件はみんなあっちにいってしまうのをわかっているな」

「わかってます、警部補、でも、わたしにこの事件の子守をさせるだけで、連中に立件させたいんですか？　つまり、これはあなたにも影響を与えますよね？」

ロビンスン＝レノルズは黙っていたが、点と点を結んで線を導くのに時間はかからなかった。

「いや、きみの言うとおりだ」警部補は言った。「子守をさせておきたくない。引き渡さねばならなくなるまで、調べておきたい。検屍解剖は済んだのか？」

「まだです」バラードは言った。「いまはわたしが捜査責任者であり、用意が整ったら、わたしに連絡があるでしょう。たぶん、あすのどこかの時間だと思います」

「オーケイ。で、その内通者だが、応援が手配されることになっているんだろうな？」

「ギャング課のリック・ダヴェンポートが手はずを整えています。彼が現場に付き添うことになっています」

「わかった。ミッドナイト・メンとあらたな事件についてはどうなってる？」

「三人の被害者全員にラムキン調査票への記入を依頼しており、あした、性犯罪チーム総出で相互参照をはじめて、その結果を確認することになっています。今回の新しい事件に基づいて、われわれは被害者獲得方法が従来の考えと異なっていたと見ています」

いい、いい、われわれは。バラードはリサ・ムーアをかばいつづけている自分に腹が立っていた。

「オーケイ」ロビンスン＝レノルズは言った。「あすの朝、ノイマイアーと話をしてみる」

マシュー・ノイマイアーは分署の三名からなる性犯罪課を率いる刑事であり、リサ・ムーアの直属の上司だった。

「では、あらためてご連絡します」バラードは言った。

「わかった」ロビンスン＝レノルズは言った。「わたしはあした早めに出勤する。きみが退勤するまえに会えるかもしれないな」

バラードは電話を切り、すぐにダヴェンポートに連絡した。

「バラードか」

「で、今夜、会えるの、会えないの？」

「そういきり立つなよ。手はずは整える。彼女を連れてきて、おまえに会わせる。何時にする？　彼女は自宅近くでは会いたくないそうだ」

バラードは昂奮が体のなかを通り抜けていくのを感じた。LP3にたどりつこうとしていた。

「一時間後はどう？」

「一時間後でけっこうだ」

「場所は？」

「サンセット大通りの端にあるビーチの駐車場だ」

バラードは仕事のあと何度も朝のサーフィンをして、そこのことをよく知っていた。だが、そこまでたどりつくには、かなり距離があった。

「いま勤務中で、そこにいくのに分署から四十分はかかってしまう。呼びだしがかかれば、困ったことになる」

「彼女と話をしたいのか、したくないのか？　あそこでの彼女の人生はもう終わっており、ハリウッドには戻ってくる気がないんだ」

選択肢はないな、とバラードは感じた。

「オーケイ、一時間後に。そこにいくわ」

「それから、バラード。名前は出さないぞ。彼女に訊きもするな」

「わかった」

法廷に提出する理由で必要とあれば名前をあとから手に入れることができるとわかっていた。そうなれば上層部がダヴェンポートに迫って、名前を白状させるだろう。いまは、バラードは、LP3がワルサーP22の男に自分を近づけてくれることができるかどうかにのみ興味があった。

ダヴェンポートとの電話を終えると、バラードは分署に車で戻り、当直の警部補に、これから二時間、自分はレーダーから離れ、分署から出ていく、と伝えた。祝日の週末の最後の夜はリヴェラが当番で、バラードがローヴァーを持っていくかぎりにおいて、あまりに気にしていないようだった。なにか大騒ぎになった場合に備えて持っていけよ、とリヴェラは言った。

そののち、バラードは刑事部屋にいき、ハビエル・ラファの写真をプリントアウトし、ミニレコーダーに新しい電池を入れ、フル充電されたローヴァーを充電器から摑むと、車に戻った。

サンセット大通りの交通量は、サンセット・ストリップを抜けて、ビヴァリー・ヒルズに入ると、急激に減った。すべてのクラブとレストランが一年近く閉まっていたとしても、車をゆっくり進めている人々のノロノロ運転が、交通渋滞を起こさせていた。西に向かって車を進めていると気温が下がってきたのをバラードは感じた。晴れた、空気の乾燥した夜だった。事件現場で長い夜を過ごすためトランクに入れているダウンジャケットを着たほうがいいとわかった。太平洋から吹いてくる風は、情報提供者と会うことになっている駐車場を冷やすだろうし、外で話すのか、車のなかで話すのか、バラードは知らなかった。

ロサンジェルスを知りたければ、サンセット大通りをはじまりからビーチまで車で通ればいいと言われている。それは旅行者がLAのすべてを知ることになるルートだった——その文化や栄光だけでなく、その数多くの亀裂と欠点を。三十年まえに、組合運動と市民権運動の指導者を記念して、いくつかのブロックがセザール・E・チャベス・アヴェニューという名に改められたダウンタウンからはじまり、ルートは旅行者たちを、チャイナタウン、エコー・パーク、シルヴァー・レイク、ロス・フェリズへ運び、そこから西に曲がって、ハリウッドとビヴァリー・ヒルズ、ブレントウッド、パリセーズを横切り、最終的に太平洋にぶつかる。その過程で、四車線道路は貧困地区と裕福な地区のなかを通り抜ける。ホームレスのキャンプがあり、大邸宅があり、エンターテインメントと教育、カルト・フード、カルト宗教のイコン的な施設を通過する。百の都市がありながらもひとつの都市である通りだった。

それを考えていると、バラードはボッシュのことを頭に浮かべた。携帯電話を取りだし、スピーカーにして、ボッシュにかけた。

「LP3にいまから会いにいく」

「いまだと？　ひとりでか？」

「いいえ、わたしのGEDの窓口になっているダヴェンポートが同席する。彼が手配したの。彼が彼女を迎えにいき、会合場所まで連れてくることになっている」

「どこだ？」

「サンセット・ビーチ。そこの駐車場」

「それはちょっと不気味だな」

「わたし自身、あまり嬉しくなかった。彼女はギャングの生活から抜けでて、外で暮らしている。ダヴェンポートによれば、わたしに選択肢はなかった」

「で、いまから会うことになるのか？」

「あと四十五分後に。いまそこへ向かっているところ」

「オーケイ、もしまずい事態になったら、照明弾を打ち上げるかなにかしろ。おれの姿は見えないだろうが、おれはその場にいるようにする」

「なに？　ハリー、なにもまずいことにならないわ。ダヴェンポートがその場にいるんだから。それに、この情報提供者は、いまでは堅気のジェーンなの。家にいて。あとで連絡する。それに、あなたはきのうワクチンを打ったんだから、副反応がないとわかるまでじっとしていないと」

「おれは大丈夫だし、きみは大事なことを忘れている。ふたつの異なる警察署から殺人事件調書が消えてしまうのを可能にする唯一の方法は、市警内部のだれかがそれを盗んだということだ。ダヴェンポートを攻撃するつもりはないが、あの男はおれがハリウッド分署にいたときからそこにいて、おれはあいつが好きじゃなかった。彼がダーティーな警官だとは言っていないが、あの男は怠惰で、噂話が好きだ。そしてあいつがこの件をだれに話したのか、われわれにはわかっていない」

バラードはボッシュの懸念について考え、すぐには返事をしなかった。

「そうね、彼が怠惰なのはそのとおりだと思うけど、それは比較的最近のことだと思っていた」バラードは言った。「予算削減に対する個人的な回答だ、と。でも、問題があるとは思わない。わたしは上司の警部補になにをするつもりなのか話したし、当直の警部補にも、分署からかなり遠くにいくことを話した。あなたが来るのを止めるつもりはないわ、ハリー――そのあとで会って話をできるでしょう。だけど、問題ないと思う」

「きみの意見が正しいことを願うよ。だけど、おれはその場に居合わせるつもりだ。じゃあ、もう出ないと」

ふたりは電話を切り、バラードはサンセット大通りのカーブしている車線に沿って車を進めながら、残りの道中、ボッシュの言葉を考えていた。

（下巻につづく）

|著者| マイクル・コナリー　1956年、フィラデルフィア生まれ。フロリダ大学を卒業し、新聞社でジャーナリストとして働く。共同執筆した記事がピュリッツァー賞の最終選考まで残り、ロサンジェルス・タイムズ紙に引き抜かれる。1992年に作家デビューを果たし、2003年から2004年にはアメリカ探偵作家クラブ（MWA）の会長を務めた。現在は小説の他にテレビ脚本なども手がける。著書はデビュー作から続くハリー・ボッシュ・シリーズの他、リンカーン弁護士シリーズ、記者が主人公の『警告』、本作と同じ深夜勤務刑事レネイ・バラードが活躍する『レイトショー』『素晴らしき世界』『鬼火』などがある。

|訳者| 古沢嘉通　1958年、北海道生まれ。大阪外国語大学デンマーク語科卒業。コナリー邦訳作品の大半を翻訳しているほか、プリースト『双生児』『夢幻諸島から』『隣接界』、リュウ『宇宙の春』『Arc アーク』（以上、早川書房）など翻訳書多数。

ダーク・アワーズ(上)

マイクル・コナリー｜古沢嘉通《ふるさわよしみち》 訳

講談社文庫

定価はカバーに
表示してあります

2022年12月15日第１刷発行

KODANSHA

発行者――鈴木章一
発行所――株式会社　講談社
東京都文京区音羽2-12-21　〒112-8001
電話　出版（03）5395-3510
　　　販売（03）5395-5817
　　　業務（03）5395-3615

Printed in Japan

デザイン―菊地信義
本文データ制作―講談社デジタル製作
印刷―――大日本印刷株式会社
製本―――大日本印刷株式会社

ISBN978-4-06-529912-8

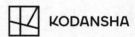

講談社文庫刊行の辞

二十一世紀の到来を目睫に望みながら、われわれはいま、人類史上かつて例を見ない巨大な転換期をむかえようとしている。

世界も、日本も、激動の予兆に対する期待とおののきを内に蔵して、未知の時代に歩み入ろうとしている。このときにあたり、創業の人野間清治の「ナショナル・エデュケイター」への志を現代に甦らせようと意図して、われわれはここに古今の文芸作品はいうまでもなく、ひろく人文・社会・自然の諸科学から東西の名著を網羅する、新しい綜合文庫の発刊を決意した。

激動の転換期はまた断絶の時代である。われわれは戦後二十五年間の出版文化のありかたへの深い反省をこめて、この断絶の時代にあえて人間的な持続を求めようとする。いたずらに浮薄な商業主義のあだ花を追い求めることなく、長期にわたって良書に生命をあたえようとつとめるところにしか、今後の出版文化の真の繁栄はあり得ないと信じるからである。

同時にわれわれはこの綜合文庫の刊行を通じて、人文・社会・自然の諸科学が、結局人間の学にほかならないことを立証しようと願っている。かつて知識とは、「汝自身を知る」ことにつきていた。現代社会の瑣末な情報の氾濫のなかから、力強い知識の源泉を掘り起し、技術文明のただなかに、生きた人間の姿を復活させること。それこそわれわれの切なる希求である。

われわれは権威に盲従せず、俗流に媚びることなく、渾然一体となって日本の「草の根」をかたちづくる若く新しい世代の人々に、心をこめてこの新しい綜合文庫をおくり届けたい。それは知識の泉であるとともに感受性のふるさとであり、もっとも有機的に組織され、社会に開かれた万人のための大学をめざしている。大方の支援と協力を衷心より切望してやまない。

一九七一年七月

野間省一